희망과 용기를 주는 좋은 습관 77

마쓰나이 고우도우 지음
편집부 옮김

기원전

희망과 용기를 주는 좋은 습관 77

지은이 ― 마쓰나이 고우도우
옮긴이 ― 편집부

초판 1쇄 발행일 ― 2010년 7월 15일

펴낸곳 ― 기원전 출판사
펴낸이 ― 정태경
출판 등록 ― 제 22 - 495호
주소 ― 서울시 송파구 풍납동 508번지 한강극동아파트상가 304호
전화 ― 488 - 0468
팩스 ― 470 - 3759
전자우편 ― giwonjon@hanmir.com
ISBN 978 - 89 - 86408 - 56 - 2 03840

* 값은 뒷표지에 있습니다.

❖ 차 례

1_ 삶의 보람을 느끼지 못해 허무할 때

어느 날 한 여대생이 교수를 찾아가 이렇게 호소했다.

"교수님, 저는 하루하루 살아가는 데 아무런 보람도 느끼지 못합니다. 남들은 일생에서 가장 즐거운 때가 청춘 시절이라 말하지만, 저는 강의, 숙제, 시험, 레슨 등으로 늘 바쁘게 보내다 보니 하루하루의 생활이 즐겁기는커녕 왠지 허무하다는 생각마저 듭니다. 게다가 남들이 하는 일은 모두 즐거워 보여 부러운 생각이 들고, 때로는 공연히 화가 나는 경우조차 있습니다. 이런 제 자신이 싫습니다. 어떻게 하면 보람있는 생활을 할 수 있을까요?"

그러자 교수가 대답했다.

"그런 불안이나 괴로움은 학생만 가지고 있는 게 아니네. 그건 인간으로 태어난 이상 누구에게나 평생 따라다니는 문제지.

다른 사람도 모두 그런 생각을 하고 있으니 너무 심각하게 생각하지 말도록 하게."

솔직히 그 교수로서도 그녀의 괴로움과 불안을 해소시켜 줄 만한 결정적인 묘안은 없었다. 하지만 그녀에게 지금까지 진실로 괴로워한 적이 있는가, 또한 보람있는 일에 몰두해 본 적이 있는가, 하고 묻자 별로 없었다고 대답했다. 무엇에 감동하거나 감격해 본 적은 있느냐고 물었더니 그것도 없다고 말했다. 그녀에게는 삶의 기쁨이나 구원이 아무런 노력을 하지 않아도 저절로 얻어지는 것으로 여겨지는 모양이었다.

그렇다면 그녀에게 아무것도 말해 줄 것이 없었다. 그녀의 고뇌는 얼마나 사치스러운 것인가? 교수는 그녀의 질문이 어떤 위안이나 격려의 말을 기대하고 던져진 것이라는 사실을 눈치채고 이렇게 대답했다.

"그렇다면 너무 괴로워하지 말고, 학생이 좋아하는 것 중 우선 마음에 드는 일을 해보게. 그 결과나 효과에 대해서는 너무 기대하지 말고, 그저 좋아서 견딜 수 없는 일을 직접 해보는 거야. 거기서 뭔가 보람을 느낀다면 다행스러운 일이고, 만일 그래도 허무감이 사라지지 않는다면 그때 다시 한번 상담하러 오는 게 어떤가?"

우리 주위에는 해야 할 일이 얼마든지 널려 있는데도 그것을 못 본 척하고, 입을 벌린 채 가만히 누워서 단지 행복이 찾아와 주기만을 기다리고 있는 사람이 많은 것 같다. 그렇기 때문에 인생은 재미없는 것, 허무한 것이라고 아무리 한탄하며 슬퍼할지라도 크게 달라지지 않는 것이다.

하마스타인 2세의 시에 곡을 붙인 뮤지컬 〈사운드 오브 뮤직〉에 '모든 산을 오르세요' 라는 노래가 있다.

모든 산을 오르세요
높고 낮은 곳을 찾아다니며
모든 길을 더듬어
어떤 사잇길이라도 걷는 거예요

모든 산을 오르세요
모든 냇물을 건너고
모든 무지개를 좇아
당신의 꿈을 찾아내세요

꿈은 당신이 주는 모든 애정에 필요하죠
당신이 살아 있는 한
당신 인생의 하루하루는
모든 산을 오르는 일

모든 냇물을 건너고
모든 무지개를 좇으세요
당신의 꿈을 붙잡을 때까지

인생에서 허무감을 떨쳐 버리고 충족감을 맛보려면, 어쨌든 '이것이다!' 하고 생각되는 일에 자신을 내던지고 그 한가운데에 뛰어들어 온 힘을 다해 노력해야 하지 않을까?

"일이 즐거우면 인생은 바로 낙원이다. 일이 의무로 여겨지면 인생은 지옥이다."라고 고리키가 말했듯이, 보람있는 생활을 영위하기 위해서는 자신이 가장 좋아하는 일을 하루빨리 찾아내야 할 것이다.

2_ 마음의 여유가 없을 때

인간의 심리는 참으로 묘한 것이어서, 한 시간 일하기로 작정하고 그대로 한 시간 일하는 것과 한 시간 반 일하기로 작정하고 한 시간만 일하는 것은 그 기분이 매우 다르다. 한 시간 반 동안 일할 작정이었는데 한 시간만 일하면, 나머지 30분은 거저 얻은 것 같은 기분이 들어 그만큼 마음의 여유가 생기는 것이다. 예수도 "만일 누가 너에게 10리를 동행하자고 하거든 20리를 함께 가라."고 말했을 정도로 그러한 심리는 동서고금의 차이가 없는 듯하다.

이런 심리는 여러 곳에 응용되고 있는데, 가령 10의 실력이 있는 사람이 7의 힘밖에 발휘하지 않는 것과 7의 실력밖에 없는 사람이 10의 힘을 발휘하는 것은 매우 큰 차이가 있다. 평소에 많은 실력을 쌓아 놓고 있으면, 실제로 조금만 힘을 발휘하더라도 마음의 여유를 가질 수 있고 남들로부터도 대단하다는 칭찬을 받을 것이다.

내가 아는 사람 중에 육상 선수가 있는데, 그는 1,500미터를 달리는 중거리 선수이면서도 연습할 때는 언제나 3,000미터 정도를 달리고 있다. 그렇게 하면 실제로 경기를 할 때 여유있게 달릴 수 있기 때문이라는데, 그 덕분인지 언제나 좋은 기록으로 상위권 입상을 하고 있다.

우리는 "하면 된다고 생각하면 반드시 할 수 있고, 할 수 없다고 생각하면 아무리 해도 되지 않는다."는 말의 실례를 얼마든지 들 수 있다. 가령 최초로 대서양 횡단 해저전선을 부설할 때, 그 계획은 무리한 일이라며 비웃는 사람이 많았지만, 과학자 C. W. 휠드는 "나는 할 수 있다!"고 자신감을 드러냈고 실제로 실현시켰다. 또한 아메리카 대륙 횡단 기구 비행도 그걸 해낼 리 없다는 우려의 소리가 높았지만, 드레시 벤즈라는 청년은 "나는 할 수 있다!"고 확신하고 날았다. 그들은 "할 수 없는 것이 아니라 하지 않는 것이다."라는 강한 신념을 가지고 꾸준히 그 방법을 연구한 끝에 마침내 불가능해 보이던 일을 실현하기에 이른 것이다.

물론 처음부터 대부분의 사람들이 무리한 일이라고 생각했던 그런 계획이 단숨에 실현될 수 있었던 것은 아니다. 그렇게 되기까지 많은 좌절과 실패를 거듭했지만, 그러한 난관에도 불구하고 모든 어려움을 돌파하여 드디어 성공에 이른 것이다.

"이상은 높게, 몸은 낮게"라는 말이 있듯이, 이상은 아무리 높게 설정해도 좋다. 만약 그것이 실현할 수 없는 것일지라도 손해볼 것은 없다고 생각하면 그다지 힘든 일이 아닐 것이다. 그리고 일단 원대한 이상을 세웠으면 거기에 다가서기 위해 한 발 한 발 꾸준히 노력해야 한다.

마음 속에 새겨두고 싶은 한마디

행동의 씨앗을 뿌리면 습관의 열매가 열리고,
습관의 씨앗을 뿌리면 성격의 열매가 열리고,
성격의 씨앗을 뿌리면 운명의 열매가 열린다.

—나폴레옹

3_ 모든 일에 싫증이 잘 날 때

세상에는 무슨 일에나 쉽게 싫증을 내고 내팽개쳐 버리거나, 조금만 재미없는 일이 생겨도 견디지 못해 하던 일을 그만두고 다른 일을 찾아나서는 사람이 있다. 그런 사람은 불필요한 곳에 관심이 미쳐 있어 어떤 일에도 전념할 수 없으며, 이 일만은 무슨 일이 있어도 해내겠다는 신념이 없다.

일을 시작했다가 그것이 자기에게 맞지 않는다며 다른 일로 바꾸는 경우도 많다. 그러나 어쨌든 하지 않으면 안 되는 일을 어렵다고 해서 그만둬 버린다면, 남에게 폐를 끼치게 될 뿐만 아니라 자신의 신용도 떨어지게 된다. 한번 약속한 이상 무슨 일이 있어도 꼭 해내겠다고 맹세하고, 부득이한 일이 생기지 않는 한 싫증나더라도 끝까지 끈기있게 밀고 나가야 한다.

미국의 실업 잡지 <시스템(SYSTEM)>에 '어떤 사람이 우리

회사에 필요한가' 라는 앙케이트 조사 결과가 실린 적이 있는데, 다음과 같은 성격의 소유자가 상위를 차지했다.

1. 약속한 대로 일을 실행하는 사람
2. 의지가 돌같이 단단해 사소한 일에는 흔들리지 않는 사람
3. 어떤 문제에나 일관된 자기 의견을 내세울 수 있는 사람
4. 사소한 일에 대해서도 늘 진지하게 대처하는 사람
5. 자기 자신을 위한 야심이 아니라 사회와 인류를 위해 큰 포부를 지닌 사람
6. 기회를 잡는 데 민첩한 사람
7. 용기와 결단력이 있는 사람
8. 많은 사람 가운데서도 자기 개성을 잃지 않는 사람
9. 아무리 하찮은 일이라도 싫어하지 않고 해내는 사람
10. 실패해도 실망하거나 낙담하여 좌절하지 않는 사람

반대로, '어떤 사람이 필요하지 않는가' 라는 설문에 대해서는 다음과 같이 대답하고 있다.

1. 입에 발린 말만 하는 사람
2. 자존심이 너무 강해 그때그때 상황에 적응하지 못하는 사람

3. 무슨 일에나 일일이 말참견을 하는 사람

4. 큰 일과 작은 일을 잘 구별하지 못하는 사람

5. 언제나 대의명분만 따지는 과대망상적인 사람

6. 눈앞의 일만 보고 전체를 보지 못하는 사람

7. 신중하지 못하고 저돌적으로 행동하는 사람

8. 남과 협조하여 융화하지 못하는 독선적인 사람

9. 자기 일에 자부심을 갖지 못하는 사람

10. 책임감이 없는 사람

이렇게 자기 이익만 생각하는 사람은 멀리 내다볼 때 결코 사업에 성공할 수 없다는 것이다. "일단 일을 시작하면 중도에 포기하여 물러나서는 안 된다."는 말이 있듯이, 무슨 일이든 한번 시작한 이상 그것이 어느 정도의 궤도에 오르기 전까지는 결코 포기하지 않겠다는 각오로 끝까지 노력해야 한다.

"간절히 구하면 반드시 얻으리라."는 말도 있다. 정말 원하는 것이 있을 때 무슨 일이 있어도 얻고야 말겠다는 결심과 필사적인 각오로 돌진해 나간다면 반드시 얻을 수 있을 것이다. 우물을 파기 시작한 이상 물이 나올 때까지 파야 하지 않겠는가?

4_ 보람없는 나날을 보낼 때

"오늘 하루도 역시 아무런 보람 없이 헛되게 보내고 말았구나." 하고 탄식하는 사람이 있을 것이다.

무엇 때문에 사는가 하는 인생의 목적이나 그 과정을 즐길 줄 모르는 사람은 아무리 물질적으로 풍요로운 나날을 보내고 있을지라도 사는 보람과 의욕이 없을 수밖에 없다. 그래서 단조롭고 지루함을 달래기 위한 심심풀이로 감각적인 자극을 밖에서 찾아 소란을 피우면서 자신을 잊어 버리고 시간을 낭비한다.

하지만 우리가 살아가는 동안 오로지 자기 자신만이 해낼 수 있는 일이 있기 마련이다. 따라서 그것을 끝까지 해내지 않으면 죽을래야 죽을 수 없다는 사명감을 가지고 살아가는 사람은 하루하루 충실하고 활기차며 보람있는 삶을 영위할 수 있다. 이와 같이 사물을 보는 방법을 조금씩 바꾸는 것만으로도 우리들의 생활방식에 크나큰 차이가 있다.

내가 잘 알고 있는 사람 중 지체장애아를 둔 부인이 있는데, 그녀는 왜 이런 아이를 태어나게 했을까 하며 스스로를 자책하고 있었다. 아이의 장래를 걱정하며 흙탕물에 빠진 듯한 암담한 생활에 지친 나머지, 차라리 아이와 함께 자신도 죽어 버릴까 하는 생각도 몇 번이나 했다는 것이다.

그런데 어느 날, 그 불쌍한 어린애가 특수학교에 다니면서 열심히 공부하고 있는 모습을 보고 문득 깨달았다. 몸이 성하지 않은 어린애조차도 열심히 살기 위해 노력하고 있는데, 그 아이의 귀한 생명을 없애 버리려 했던 자신의 잔인함이 한심하게 여겨졌던 것이다. 그리고 "내가 이 아이를 돌보지 않으면 도대체 누가 돌봐 줄 것인가?" 하고 생각하자, 지금까지 의욕을 잃었던 마음 한구석에 한 줄기 빛이 스치며 힘차게 살아나가야 되겠다는 용기가 샘솟았다. 그 후로는 아이를 위해서라도 자신은 결코 죽어서는 안 되는 몸이라는 사명감을 갖고, 매일 아침 아이를 학교에 보낼 때마다 "오늘도 꿋꿋하게 참고 견디어 내라."고 마음속으로 빌고 있다고 고백했다.

이 부인은 또한 이렇게 말했다. "나는 이 아이 덕분에 인생이라는 것을 남보다 더욱더 진실되고 아름답게 살아갈 수 있었어요. 그런 점에서 이 아이는 내게 있어 인생의 스승이며 생명의 원천입니다."

이 세상에는 자신의 불우한 환경이나 신체적인 장애를 원망하면서 그 고민을 아무에게도 털어놓지 못한 채 혼자서 괴로운 나날을 보내고 있는 사람도 많다.

그런 사람들에 비하면 아무런 장애도 없이 건강한 신체를 지닌 우리들이 인생은 허무하다고 한탄한다는 것은 주제넘은 일이 아닐까? 그런 생각을 할 만큼 여유가 있으면 차라리 그 에너지를 다른 유용한 것에 쓰는 게 낫다. 그러면 자기 자신을 위해서나 다른 사람을 위해서나 얼마나 보람있는 일이 되겠는가?

"하루 중에 음식, 대소변, 수면, 대화, 걷기 등으로 어쩔 수 없이 많은 시간을 빼앗긴다. 그리고 나머지 얼마 안 되는 시간 동안에는 쓸데없는 일을 하고, 쓸데없는 말을 하며, 쓸데없는 생각으로 시간을 보낼 뿐만 아니라, 하루를 보내고 한 달을 거쳐 일생을 보낸다. 이 얼마나 어리석은 일인가?"

어디선가 이런 글을 읽은 적이 있는데, 내 자신이 남들로부터 손가락질받고 있는 것 같아 왠지 두려운 생각마저 든다.

단 한 번뿐인 인생을 보람없이 보내는가, 충실하고 생동감있게 보내는가는 우리 자신의 마음가짐 여하에 달려 있다. 어차피 같은 일생을 보내는 것이라면, 자신에게 주어진 일을 열심히 하고 그 다음은 하늘에 맡기는 것이 보다 인간적인 삶을 영위하는 방법이 아닐까?

마음 속에 새겨두고 싶은 한마디

만일 내 생에 최후의 순간이라고 가정했을 때

하기 꺼려지는 것이면 절대로 하지 말고,

내가 죽게 되었을 때

'그 일을 했었으면 좋았을 텐데' 하고 바랄 만한 것을 하며 살라.

매일 밤 잠자리에 들기 전 내가 오늘 게으름을 피웠는가,

무슨 죄를 지었는가, 내 자신을 부정했는가 등에 대해 자문해 보라.

매일, 매주, 매달, 매년 마지막에

어떤 면에서 더 낫게 행동할 수 있었는데

그렇지 못했던 것이 있었는지에 대해 자문해 보라.

– 생텍쥐페리

5_ 명성이나 권력에 집착할 때

보통 사람들은 남보다 월급을 더 많이 받고 싶다든가 빨리 출세하고 싶다고 생각하면서 회사 업무에 임한다. 하지만 현실은 실력이나 연줄이 있는 사람에게 잇따라 자리를 빼앗기고 평생 두각을 나타내지 못한 채 인생을 끝맺고 마는 경우가 많다.

선(禪)의 대가인 한 스승은 "나는 평생을 성공하지 않으려고 노력하며 살고 있다."고 아무렇지도 않게 말했다. 일반적으로 공을 세우고 이름을 빛내는 일을 인생의 목표로 삼고 있는 사람에게 있어 이 한마디는 참으로 청천벽력과도 같은 말일 것이다.

그는 계속해서 이렇게 말하고 있다.

"인생의 행복은 많은 돈과 명예를 지녔다고 해서 얻어지는 것이 아니다. 부자로 산다 해도 그것은 돈을 지키고 있는 것에 불과할 뿐 그 돈을 마음대로 쓸 수는 없다. 또 국무총리가 된다고 해도 놀랄 만한 일이 아니며, 육군 대장이 되어 가슴에 훈장을 즐비하게 단다고 해도 그것은 고양이 목에 달린 방울과 같은 것이다. 훈장을 받는 것이 그리 대단한 일은 아니다. 명예나 돈은 인생의 최종 가치가 아니기 때문이다. 인생에서 행복해지는 길은 남에게 도움을 줄 수 있는 사람이 되는 것이다. 남을 위해 평생을 바치는 사람이야말로 정말 고귀한 사람이다."

그리스의 철학자 에피쿠로스는 "돈이나 쾌락 또는 명예를 사랑하는 자는 사람을 사랑할 수 없다."고 말했다. 또한 "모두가 공리심만 가지고 사물을 본다면 세상에서 고귀한 것은 없어져 버린다."고 경고하기도 했다. 자아만을 만족시키려고 뛰어다니는 사람은 자기 자신을 보잘것없게 만들어 버린다.

옛날, 아내를 넷이나 거느린 사내가 있었다. 그는 목숨이 다해 저세상으로 떠날 때가 가까워지자 그 중 한 사람을 데리고 가고 싶어졌다. 그래서 평소에 가장 사랑했던 첫번째 아내를 불러와 그 뜻을 전했다. 그러나 그녀는 "나는 싫어요." 하고 냉정하게 거절해 버렸다. 다시 두번째 아내를 불러 부탁했지만 역시 "미안해요."라는 대답만을 들을 수 있었다. 세번째 아내도 "나중에 무덤에 참배하는 정도라면 모르겠지만 저세상까지는 함께 갈 수 없어요."라고 말했다. 그 사내는 하는 수 없이 평소에 하녀처럼 부려먹던 네번째 아내를 불러 말했다. 그랬더니 뜻밖에도 "기꺼이 따라가겠습니다. 설령 그곳이 지옥의 불 속이라 해도 평생 당신 곁을 떠나지 않고 함께 있겠어요." 하고 저승까지의 동행을 허락했다는 것이다.

이 이야기에서 첫번째 아내란 우리의 육체를 비유한 것으로서, 언제나 가장 아끼는 것이 자신의 몸이지만 그것을 저세상까지 데리고 갈 수는 없다는 뜻이다. 두번째 아내란 재산, 지위, 명예, 권력으로 이것 역시 저세상으로 가져갈 수는 없다. 세번째 아내는 실제의 아내로, 아무리 사랑하고 있더라도 저세상까지 동반할 수는 없다. 그렇지만 네번째 아내는 우리가 늘 쌓아가고 있는 선행이나 악행으로서, 이것이야말로 저세상까지 그림자처럼 따라다니며 떠나지 않는다는 것이다.

우리 인간은 조금이라도 이름을 떨치면 그것에 얽매여서 마치 그 공허한 이름이 자기 자신인 듯이 착각해 허세를 부리기 쉬운데, 그것은 결코 자신을 높여주지 못하고 오히려 천하게 만든다.

내가 아는 한 작가는 지금까지의 무명 작가 시절에는 언제라도 좋으니 집필이나 강연을 맡겨 달라고 간절히 부탁해 왔었다. 그런데 조금 유명해지자 지금까지의 겸손한 모습은 어디로 가고, 강연 부탁이 들어올 때마다 "얼마나 주느냐?"고 사례금을 먼저 묻고 나서 출강 여부를 결정했다. 사례금이 적으면 거절하는 것이다. 대체 누구 덕분에 유명해진 것인지 묻고 싶기조차 하다.

일찍이 노벨 문학상을 거절한 바 있는 소련의 작가 파스테르나크는 이렇게 말했다.

"창조의 목적은 헌신하는 데 있는 것이지 이름을 얻거나 성공하기 위한 것이 아니다. 무심코 이 모든 사람의 입에 오르내리는 것은 부끄러운 일이다."

마음 속에 새겨두고 싶은 한마디

당신은 당신의 무한한 능력을 유용하게 사용할 수 있는 유일한 존재다. 그것은 성공을 위한 경건한 책임이며, 막중한 의무이기도 하다.

— 지그 지글라

6_ 해야 할 일을 하지 않을 때

이 세상에는 무슨 일이 있어도 반드시 해야 할 일과 하지 않아도 되는 일이 있다. 성실하고 슬기로운 사람은 그것을 구분할 수 있지만, 그렇지 못한 사람은 하지 않아도 되는 말초적인 일에 얽매여 쓸데없이 시간을 낭비하고 만다. 가령 시험을 치를 때, 성실한 사람은 출제자가 무엇을 기대하고 있는지 문제의 포인트를 재빨리 알아차려서 적절하고 명료하게 답한다. 하지만 그렇지 못한 사람은 장황하게 정답의 주변을 헤매기만 할 뿐 핵심적인 해답을 찾지 못한다. 오히려 답을 모르기 때문에 그저 제멋대로 말하면서 얼버무리는 것처럼 보인다.

어느 날 석가는 "세계는 시간적으로 영원한 것이냐, 아니냐? 또 인간의 영혼은 죽은 후에도 존재하느냐, 존재하지 않느냐?" 는 질문을 받았다. 그러자 석가는 화살을 예로 들어 다음과 같이 말했다.

"어떤 사람이 독이 묻은 화살에 맞아 부상당했을 때 재빨리 그 화살을 뽑지 않고 도대체 이 화살을 누가 쏘았을까, 무슨 독이 묻어 있을까 하는 것만 알고 싶어한다면, 그것을 밝히는 동안에 독이 온 몸에 퍼져 죽고 말 것이다. 그가 먼저 해야 할 일은 우선 독화살을 뽑아 버리고 상처를 치료하는 것이다."

이와 같이 공간과 시간을 넘어서 우리들이 해야 할 일은 바로 지금 이곳에 존재하고 있으며, 이 기회를 놓쳐 버리면 다시는 그 시간이 찾아오지 않는다.

"자기 자신을 사랑하려면 자신의 내부를 똑바로 직시하는 수밖에 없다."는 말이 있지만, 보통 사람은 자기 자신 속에 있는 또 하나의 자신을 볼 수 없을 뿐더러 현재 살아 있는 몸이 자신의 전부라고 생각한다. 그 또 하나의 자신에게 있는 진실된 인간성이 세상의 본질적인 것을 찾아내며, 그것을 찾아낸 사람에게 있어서는 말초적인 것이야 어찌되든 상관없다.

강호 시대에 반규선사라는 이름난 승려가 제자들을 가르친 일이 있었다. 그 제자 가운데는 얼마나 장난꾸러기였던지 가족들이 감당할 수가 없어 어쩔 수 없이 절로 쫓겨온 악동이 한 사람 있었다. 그의 부모는 그가 절에 들어가면 마음을 고칠지도 모른다고 생각하여 부모 자식간의 인연을 끊었던 것이다. 그런데 그는 입산을 하고서도 여전히 장난이 심할 뿐만 아니라, 아침부터 밤까지 놀러 다니기 일쑤였다. 절에서 보물을 훔쳐내 골동품 가게에 팔아넘기는 일도 많았는데, 그의 나쁜 소문은 순식간에 널리 퍼졌다.

다른 제자들은 그의 행위를 그저 방관하며 참고 견딜 수도 없을 뿐더러 더 이상 소문이 퍼지면 절이나 스승들은 물론이고 자신들의 신용에도 관계되는 것이기 때문에, 모두 모여 협의한 끝에 스승에게 그를 내보내 달라고 간청하였다. 그런데 며칠이 지나도 스승은 악동을 내보낼 기색이 전혀 없었고, 그 악동의 행동은 나아지기는 커녕 날이 갈수록 더 심해질 뿐이었다. 이에 제자들은 매우 실망하여 스승에게 하루속히 악동을 내보내 달라고 거듭 요청했다. 하지만 스승은 하루만 더 기다려 보자고 할 뿐이었다.

다음날에도 이 악동의 신변에는 아무 일도 일어나지 않았다. 그렇게 되자, 다른 제자들은 화가 나서 눈을 부릅뜨고 스승을 노려보며 "만약 이 악동을 내보낼 생각이 없으면 저희가 절을 나가겠습니다." 하고 다그쳤다. 온화하게 미소만 짓고 있던 스승은 마침내 "너희들이 그렇게 나가고 싶다면 나가면 되지 않느냐?" 하고 말했다. 뜻밖의 대답을 들은 제자들이 깜짝 놀라서 "왜 저 악동을 내보내지 않고 우리들을 내보내려는 것입니까?" 하고 반문하자, 스승은 "왜냐하면 너희들은 이제 이미 한 사람 몫을 할 수 있으니 언제 절을 나가도 상관없지만 그 애는 다르다. 그가 절을 쫓겨나게 되면 갈 곳이 없지 않겠느냐?" 하고 근엄하게 대답했다. 이 말을 들은 제자들은 처음에는 그 의미를 잘 알 수 없었지만, 점점 악동에 대한 스승의 따뜻한 자비심에 감동하여 자신들의 잘못을 뉘우치게 되었다.

한편, 우연히 스승과 동료들이 자신에 관해 주고받는 이야기를 엿들은 악동은 뭔가 느낀 바가 있었던지 그 후로는 사람 됨됨이가 달라졌다고 한다. 이 스승은 악동을 구하는 것이 자신이 해야 될 지극히 당연한 일이라고 생각하고, 무슨 일이 있더라도 이 악동의 마음을 바꿀 수 있다는 굳은 신념으로 이와 같은 모험을 했던 것이다. 그는 주위 사람들의 말초적인 사고방식에 구애받지 않고 참된 인간성을 찾아내는 수단과 목적을 구별할 수 있었기에 이렇게 확고한 태도를 취할 수 있었다.

7_ 마음으로부터 웃을 수 없을 때

우리 주위를 잘 살펴보면, "인생이 너무 재미없다."면서 고통을 억지로 참는 듯 찌푸린 얼굴로 살아가는 사람이 있다. 집 밖을 한 걸음만 나서도 모두 적뿐, 눈 감으면 코 베어간다는 말처럼 마음놓을 수 없는 세상을 살아가자니 학교에서나 직장에서나 일반 사회에서나 마음으로부터 우러나오는 순수한 웃음을 지을 수가 없다.

대개는 그렇게 웃을 수 있는 편안한 상대가 주위에 없기 때문에 어느새 호탕한 웃음이 사라져 버리고, 그나마 술로 시름을 달래거나 TV또는 라디오의 희극 코미디에서 웃음의 배출구를 찾아 이른바 억지웃음을 웃는다. 현대인에게는 이 억지웃음이 압도적으로 많은 듯하다.

웃음의 의미를 맨 처음 학술적으로 분석한 사람은 프랑스의 철학자 베르그송이라고 하는데, 그는 웃음을 인간 특유의 것이라고 생각해 "마음 속에서 우러나오는 웃음은 건강한 생명이 약동하고 있는 증거"라고 말했다.

그러고 보면 노이로제나 우울증 환자한테서는 그런 웃음을 찾아보기 어렵다. 그들은 언제나 주위 사람들에게 신경쓰고 협조하는 일에 노심초사하기 때문에 마음으로부터 즐거워서 웃는 것이 아니라 웃는 척할 뿐이다. 그런 비뚤어진 마음은 더욱 더 자신을 내향적으로 만들어 남으로부터나 진실된 자기로부터 등을 돌리고 자기만의 단단한 껍질 속에 틀어박혀 비현실적인 세계를 꿈꾸게 된다. 현대인은 흔히 "어쩐지 하루하루가 재미없다." "아무것에도 흥미를 느낄 수 없다." "아무것도 실감이 나지 않는다."고 호소하는데, 그런 기분에는 노래를 잊어 버린 카나리아처럼 고독이라는 병마가 맴돌고 있다.

파안대소라 할 수 있는 꾸밈없는 웃음은 심신의 건강을 위해서도 좋은 것이다. 그런 웃음을 웃을 때 신진대사가 활발해진다는 것은 생리학적으로도 증명된 사실이다. 그러나 혼자 기뻐하며 바보처럼 웃는 것은 남에게 불쾌감을 줄 수도 있어, 결코 자신이나 남을 명랑하게 하는 웃음이라고는 말할 수 없다. 마음으로부터 우러나는 웃음은 틀림없이 서로를 명랑하게 하고, 미소를 교환하게 하는 웃음인 것이다. 미소는 인간의 마음 속 깊은 곳에 뿌리내린 속삭임이며 웃음의 원천이기도 하다.

한 알의 씨도 뿌리지 말라
미소지을 수 없는 씨는.
아무리 작을지라도
소중히 길러라
미소의 싹은.
이 두 가지만
끊임없이 실행해 간다면
인간은 태어나면서 지니고 있다.
언제 어디서나 누구에게나
미소짓는 마음이 빛나기 시작한다.
인생에서 가장 중요한 것 모두가
이 미소 속에 포함되어 있다.

8_ 자만심에 빠져 있을 때

'인간이란 무엇인가, 또한 우주인은 존재하는가?' 하는 거시적인 문제에서부터 단세포 동물인 짚신벌레나 원자핵과 같은 미세한 문제에 이르기까지, 다방면에 걸쳐 모든 것을 잘 안다고 말하는 사람일수록 실제로 잘 알고 있는 사람은 별로 없다. 사물의 실체는 깊이 연구하면 할수록 모호한 것이어서, 겸허한 학자라면 잘 알고 있다는 따위의 말은 쉽게 할 수 없을 것이다. 만일 그런 말을 한다면 자기 연구의 미숙함을 스스로 인정하는 결과가 되고 만다.

가령 유클리드 기하학에서는 '두 점 사이의 최단 거리는 직선이다.' 라고 정의하고 있는데, 평면 지도상의 비행기나 선박 항로선을 보면 알 수 있듯이 항로에서는 곡선이 최단거리이고 직선일 경우에는 오히려 먼 거리가 되고 만다. 왜냐하면 지구는 둥글기 때문이다. 그러므로 실측면이 평면이라는 전제하에서만 비로소 유클리드 기하학의 정의가 성립되는 것이지, 둥글 경우에는 절대로 성립되지 않는다.

'기둥이란 천장을 받치고 있는 것'이라는 정의도 마찬가지다. 평면체의 천장이 있는 입방체 건물이라는 전제하에서는 정확히 기둥과 천장이 구분되지만, 돔 건축 같은 경우에는 기둥도 천장도 같은 구조와 재료로 되어 있어 어디부터 어디까지가 천장이고 기둥인지 알 수 없으며 그곳에는 명료한 선이 그어져 있지도 않다. 경계라는 것은 인간이 임의로 정해 놓은 약속이지, 자연 그 자체에 경계란 없는 것이다. 철새는 자유로이 하늘을 날아 국경을 넘나들고 있으며, 물고기나 벌레나 초목에게도 국경은 없다. 정의란 인간이 편의상 정해 놓은 약속에 불과한 것으로, 동서남북 또는 좌우 상하라는 방향도 지구상에 그런 눈금이 있는 것은 아니다.

허상을 실상으로 보고 그것을 실상이라고 믿어 버리는 것은 다음과 같은 어리석은 바보의 이야기와 비슷하지 않을까?

어느 날, 한 바보가 큰 연못가에 서서 조용히 수면을 바라보고 있었다. 그러다가 문득 그곳에 비친 자신의 모습을 보고는 놀라 "살려줘요!"라고 소리쳤다. 근처에 있던 사람이 그 소리를 듣고 "무슨 일이냐?"며 달려와 묻자, 바보는 "내가 연못에 빠져 있어."라고 했다. "무슨 소리를 하고 있는 거야? 너는 지금 여기 내 옆에 이렇게 서 있잖아." "아냐, 난 정말 물에 빠졌어. 믿어지지 않으면 이리 와서 자세히 보라구." 그러면서 연못가로 가서 "저걸 보란 말야. 내가 물에 빠져 있잖아." 하며 수면을 가리켰다. 그는 너무 기가 막혀서 "넌 정말 바보로구나. 저건 네가 아니라 네 그림자야. 저것 봐, 내 그림자도 분명히 있잖아."라고 하자, 바보는 진지한 얼굴로 "당신도 물에 빠졌어. 누가 좀 도와 줘요!" 하고 계속해서 외치다가 그만 죽고 말았다는 것이다.

이처럼 잘못된 이치를 굳게 믿고 그것을 고치지 않으면, 한평생 세상의 진실을 알지 못한 채 살다가 인생을 끝마치고 만다.

우리는 실상과 허상을 철저히 구분할 줄 알아야 하고, 허상에 속아서 실상을 보지 못하는 어리석음을 저질러서는 안 된다. 아인슈타인은 어떤 문제에 부딪혔을 때, 그것을 진실로 알게 되기 전까지는 경솔하게 판단을 내리지 않았다고 한다. 세상에 현인으로 알려진 사람은 무엇이든 아는 척하지 않고 겸허한 태도로 판단을 내리며 그 처리에 대해 깊이 생각하는 사람이다.

9_ 나태해졌을 때

철을 오랫동안 방치해 두면 어느 사이엔가 빨간 녹이 슬고 만다. 이 녹은 철과 산소와 수분의 화합물로서, 그 중 어느 하나가 부족해도 녹은 슬지 않는다. 철이 가지고 있는 에너지는 지구 표면에 있는 안정된 상태의 에너지보다 크기 때문에, 그 차이를 없애기 위해 산소나 수분과 결합해 녹 슬게 함으로써 안정을 얻으려는 것이다. 즉, 철 그 자체는 불안정하여 언제나 닦지 않으면 그 상태를 그대로 유지해 나갈 수 없고 광택도 나지 않는다.

철이 어느 사이에 녹슬고 마는 것은 세상의 모든 것이 시간의 경과에 따라 끊임없이 변화함을 의미한다.

사람도 예외는 아니어서 심신을 항상 단련하지 않으면 어느 새 녹이 슬고, 결국 썩어서 대지로 돌아가는 것은 철과 마찬가지다. 끊임없이 노력을 계속하지 않으면 마치 베어도 베어도 다시 자라나는 여름 잡초처럼 심신을 해치게 된다.

〈법구경〉에 "녹은 쇠에서 생기지만 그 쇠 자체를 상하게 한다. 이와 마찬가지로 부정해진 사람은 자신의 업에 의해 흉악한 곳으로 이끌려 가리라." 했듯이, 노력을 게을리하면 자신의 몸에서 생긴 녹으로 인해 그 몸이 점차 망가져 갈 것이다. 사람들 중에는, 마치 철이 어느 순간 녹슬어 부서져 버리듯이 우리가 아무리 노력해도 멸망하는 것은 피할 수 없으므로 노력할 필요가 없다고 생각하는 사람도 있는 듯하다. 그러나 과연 그럴까?

아무리 위대한 사람이라도 이 세상에 태어난 이상 누구나 언젠가는 죽게 된다. 그렇다고 해서 살아 있는 동안 아무 일도 하지 않고 나태하게 지낸다면 그것은 비참한 죽음이 될 뿐이다.

살아 있는 동안은 언제나 노력의 연속일 뿐, 이제 이 정도면 됐다 하는 경지는 없는 법이다. 한 바이올리니스트는 "하루 연습하지 않으면 내 자신이 그 결과를 알겠고, 이틀 하지 않으면 비평가들이 알게 된다. 그리고 사흘 동안 연습을 하지 않으면 청중이 그것을 눈치채게 된다."라고 말하고 있는데, 그만큼 예술의 길은 엄격하고 하루도 게을리할 수 없는 피나는 노력이 뒤따라야 한다. 하루 쉬면 하루만큼 후퇴하고 마는 것이다.

10_ 현재에 최선을 다하지 않을 때

우리들은 과거를 돌이켜보고 그리워하거나 내일을 꿈꾸며 이상을 말하고 싶어하지만, 과거도 미래도 지금 현재 이곳에 있는 것은 아니다. 확실히 있는 것은 현재뿐이며, 잘 생각해 보면 어제도 오늘이고 오늘도 오늘이며 내일이나 모레도 오늘이다. 따라서 다가오는 날도 다가오는 해도 모두 오직 지금의 연속일 뿐이다. 그러한 '지금'을 매일매일 쌓아올려서 인간의 일생이 끝나는 것이지, 과거의 자신이 계속해서 현재의 자신이 되고 미래까지도 계속되는 것은 아니다. 그러므로 이 현재를 무시해 버린다면 언제까지나 참된 삶의 방식으로 살아갈 수가 없다.

우리들의 생활은 일을 한다든가 식사를 한다든가 교제를 하는 등 늘 무엇인가에 쫓겨다니며 모두들 바삐 뛰어다니므로, 지금 "조용하게 생활을 즐기고 있다."든가 "차분히 일에 몰두하고 있다."는 사람은 드물다. 하루종일 이곳저곳 뛰어다니다 문득 뒤돌아보면 무엇 하나 정성들여 해놓은 것 없이 그저 적당히 끝 맺어지고 있다. '바쁘다(忙)'는 것은 한자로 풀이해 보면 마음이 망했다는 뜻으로, 바쁜 것에 얽매여서 물건이든 마음이든 내 놓기를 꺼려한다면 참으로 자기 자신이 보잘것없게 되고 그야 말로 가난해져 버리는 것이다.

가령 어린애가 "엄마, 이것 좀 해줘." 하고 어머니에게 말했을 때 "지금은 바쁘니까 나중에 해 줄게." 하고 대답한다고 하자. 어린애는 즉시 그 자리에서 해주기를 원하는데도 어머니는 언제나 뒤로 미루며 질질 끈다.

문짝을 고친다거나 유리를 갈아 끼울 경우, 목수나 유리 가게에 전화해 고쳐줄 것을 부탁해도 재빨리 달려와서 해주는 한가로운 사람은 별로 없고, 대개는 "예, 알았습니다." 하며 일을 맡아 놓고서는 잊어 버릴 즈음에야 겨우 와준다. 언제나 바쁜 일상에 쫓기며 사는 사람은 일을 하고 있는 동안에도 마음은 다른 것을 생각하고 있어 자신이 일을 했다는 성취감을 느낄 수 없는 게 아닐까?

해야 할 일을 곧바로 하지 않으면 일은 자꾸자꾸 쌓여 가게 된다. "할 일이 있으면 즉시 하고, 식사를 할 때는 다른 것을 생각지 말고 오로지 먹는 데 전념하며, 놀 때는 철저하게 논다."는 마음가짐이 없으면, 언제나 바쁠 뿐이면서도 나중에 자신이 무엇을 해놓았는지 전혀 알 수 없게 된다.

나에게는 갖가지 사연이 담긴 편지가 많이 날아드는데, 그 중에는 꼭 답장을 해줘야 할 것도 있다. 그것을 나중에 써야겠다고 생각하고 뒤로 미루어 버리면 결국 쓸 수 없게 되고, 어느새 그 편지가 없어져 버린 뒤 독촉을 받고 나서야 '아차!' 하고 씁쓸한 입맛을 다신다.

원고 청탁을 받고서도 쌓아두면 좀처럼 쓸 기분이 내키지 않아 아무래도 소홀해지고 만다. 그래서 요즘에는 편지 답장은 곧바로 써 보내고, 처음부터 약속일 내에 도저히 해낼 수 없다고 생각되는 원고는 일체 받지 않고 있다. 그렇지 않으면 나중에 변명만 늘어놓아야 할 뿐만 아니라, 일에 시달려 자신이 일을 하고 있는지 일 자체가 자신을 조종하고 있는지 도무지 분간할 수 없게 되어 버리기 때문이다.

우리들은 곧잘 "기회는 일생에 단 한 번"이라든가 "인생은 돌고 돈다."는 말을 하지만, 우리들의 만남은 언제나 현재뿐이며 단 한 번에 그치는 것이다.

어떤 시인이 "내일이 있다고 생각하는 마음을 간직하지 말라. 언제 어느 때 폭풍이 불어올지는 모르는 일이니." 하고 읊었듯이, 우리들은 현재를 늘 최후라고 생각하고 일이나 사람들과의 만남에 온갖 정성을 다하지 않으면 안 된다.

11_ 수입이나 지위에 불만이 있을 때

오늘날 아무리 물질이 풍부해졌다고 해도 인간의 욕망에는 끝이 없다. 더 많은 부를 축적하기 위해 모두들 동분서주하고 있다. 누구나 유리한 입장에서 더 잘 살아보려고 경쟁하고, 일류 학교에 진학하기 위해 전전긍긍하며, 여기에서 이기지 못하면 인생의 낙오자가 되는 듯한 착각 속에서 살아가는 것 같다. 이런 가치의 일원화가 사회에 널리 퍼지게 되면, 소득의 높고 낮음에 따라 직업에 순위가 정해지고 누구나 소득이 높은 의사나 변호사 또는 고급 관리가 되려고 생각해 일이 많은 데 비해 소득이 별로 높지 못한 직업은 경원시되고 만다.

확실히 동료와 같은 일을 했는데 한쪽은 100만 원을 받고 자신은 70만 원 정도밖에 받지 못한다면, 일할 의욕이 나지 않을 것이다. 젊은 독신 여성이 야간업소에 나가 한 달에 수백만 원을 벌고 있는데, 가정주부가 아침부터 밤까지 일하고도 한푼의 소득도 없다는 것은 불공평한 일로 생각된다. 그러나 과연 인간의 가치를 소득이라는 단순한 척도로 판단할 수 있는 것일까?

아무리 소득이 높아도 쉽게 번 돈은 그만큼 나가는 것도 빠르다. 또 돈이 아무리 많더라도 그것을 물쓰듯하면, "1원을 우습게 여기면 1원 때문에 운다."라는 말이 있듯이 나중에 반드시 곤경에 처하게 될 것이다.

몇 해 전 나는 방글라데시의 다카시를 방문한 일이 있는데, 그곳 어린이들은 거의 입고 있는 옷 외에는 다른 옷이 없고 장난감도 없이 진흙을 만지면서 건강하게 놀고 있었다. 이에 비하면 우리 나라의 어린이들은 얼마나 행복한가.

우리에게 중요한 것은 얼마나 소득이 높고 재산이 많은가 하는 것이 아니라, 그것을 얼마나 유용하게 쓰느냐 하는 것이다. 단지 소유하고 있을 뿐이라면, 그것은 옷장에 넣어두건 은행에 맡겨두건 저세상에 갈 때 가지고 갈 수 있는 것도 아니고 자칫하면 오히려 후손들에게 재산 싸움의 불씨를 제공하는 결과만 낳고 말 것이다.

톨스토이의 소설에 <사람은 어느 정도 땅이 필요한가>라는 것이 있는데, 가홈이라는 주인공이 땅을 많이 소유하고 있는 부족에게 가서 땅을 사는 이야기다. 부족은 가홈에게 하루종일 걸어서 해가 지기 전에 제자리로 돌아온다면 그만큼의 땅을 그냥 주겠다고 했다. 가홈은 욕심이 나서 걸을 수 있을 만큼 먼 곳까지 걸어갔다가 되돌아왔지만, 정작 기점에 돌아와서는 너무 지친 나머지 숨이 차서 죽고 말았다는 것이다.

이 이야기에서 암시하는 바와 같이, 몸을 망쳐 가면서까지 악착같이 일해서 소득을 늘리고 높은 지위를 얻기 위해 몸부림칠 필요는 없다.

마음 속에 새겨두고 싶은 한마디

가난하다는 말은
너무 적게 가진 사람을 두고 하는 말이 아니라
너무 많이 바라는 사람을 두고 하는 말이다.

– 세네카

12_ 자신의 소유물에 집착해 있을 때

　남녀를 불문하고 나이가 들수록 장신구로 몸치장을 하고 더 높은 지위나 직함, 재산, 권력 등을 얻기 위해 안달하는 경향이 있다. 그리고 그 욕구는 언제까지나 지칠 줄 모른다. 그러나 그런 것에 마음을 빼앗기고 있는 동안 어느새 본래의 자기를 잃어버려, 자칫하면 지위나 직함이 자기 자신인 듯 착각하고 그것을 잃었을 때는 당황하고 허탈해하며 허둥대게 된다.

　확실히 지위나 권력, 장식품 등은 우리들의 소유욕을 만족시켜 주는 동시에 남을 움직이는 효력이 있다. 그 중에서도 돈의 힘은 대단한 것으로, 기업에서나 선거에서나 돈을 마구 쓰면 사람은 모여들기 마련이다. 하지만 금액이 줄거나 끊어지는 듯하면 '돈 떨어지자 친구 떨어진다.'는 말처럼 사람들은 어느 순간 흐트러져 버리고 만다.

한 실업가는 "돈이 너무 많이 쌓이면, 혹시 잘못해서 그것을 축내지나 않을까 하는 걱정에 오히려 남에게 눈총받기 쉽고, 분쟁과 번민의 씨앗이 된다. 차라리 아무것도 가진 게 없는 사람의 생활이 부럽다."고 말한다. 그렇다면 하루하루 빠듯한 생활에 허덕이는 싸구려 월급쟁이가 더 행복하다고도 말할 수 있을 것이다.

인간은 원래 아무것도 지니지 않고 태어났다는 생각을 늘 마음 속에 간직하고 있는 사람은 단돈 100원을 얻더라도 고마워하고, 또 설령 1억 원을 잃더라도 대수롭지 않게 생각할 것이다. 우리는 자신의 소유물에 의존하는 생활의 허무함을 깨닫고, 그것에 사로잡히지 않는 세계에서 살기 위해 노력해야 한다.

옛날 한 스님에게 큰 부잣집의 하인이 찾아와 "내일은 돌아가신 아버님의 1주기인데 스님께서 꼭 참석해 주시기를 바랍니다." 하는 주인의 말을 전했다. 스님은 그 부자가 평소에 늘 자기 재산을 믿고 빼기며 거만하게 굴었던 터라 마땅찮게 여겼지만, "좋소."라고 승낙했다. 그리고는 즉시 거지 중의 모습을 하고 그 집 현관 앞에 나타나 "실례합니다. 이 댁 주인을 좀 뵙고 싶습니다." 하며 들어가려 했다. 그러자 다른 하인이 스님을 거지로 착각하고 "무례한 거지놈아, 당장 나가거라." 하고 소리쳤다. 그래도 나가지 않고 소란을 피우자, 주인이 그 광경을 보고 다가와 "고집센 거지놈, 그놈을 두들겨 패서 내쫓아라." 하고 명령했다. 스님은 몹시 두들겨맞고 결국 내쫓기고 말았다.

그 이튿날, 스님은 이번에는 두세 명의 아랫사람을 데리고 빨간 법복을 입어 옷차림을 바르게 갖춘 후 그 집 문을 들어섰다. 호화스러운 옷으로 치장한 주인은 문앞까지 마중나와 환영하면서 호들갑스럽게 안으로 들어오라고 말했다. 그러나 스님은 굳은 표정으로 "주인장, 난 여기면 충분하오." 했다.

"아니, 스님, 무슨 말씀입니까? 부디 위폐를 모셔 놓은 방으로 행차해 주십시오."

"어제는 따끔한 대접을 해주어 고마웠소."

"따끔한 대접이라니, 무슨 말씀입니까?"

"무슨 말인고 하니 어제의 거지 중은 바로 나였소."

"아니, 뭐라고 말씀하셨습니까?"

"초라한 차림으로 오면 천대하여 하인이 내쫓고, 번쩍번쩍한 법의를 두르면 이처럼 융숭한 대접을 하는군요. 그렇게 번쩍거리는 법의가 좋으면 차라리 이 법의에게 시주를 보내주면 어떻겠소? 거지 중보다 훨씬 공덕이 있을테니. 하하하."

그리고는 스님은 웃으며, 입고 있던 법의를 벗어 던져주고는 뒤도 돌아보지 않고 되돌아가 버렸다.

이 스님은 자기 자신을 장신구나 옷과 혼동하지 않았던 것이다. 겉모습만으로 사람을 판단하는 일은 절대로 없어야 한다는 것을 깨우쳐 주는 이야기다.

마음 속에 새겨두고 싶은 한마디

모든 사람들은
그들이 가장 좋은 자리에 앉을 자격이 있다고 믿는다.
그러나 대부분의 사람들은
가장 낮은 자리부터 올라가지 않으면
가장 좋은 자리에 앉을 수 없다는 사실을 모르고 있다.

— 바우베날구스

13_ 대인관계가 안 좋을 때

　직장인들의 경우 월급을 더 준다는 유혹에 이끌려 다른 회사로 옮겨가는 사람도 있지만, 그 중에는 회사 내에서의 대인관계에 실패하여 다른 회사로 옮겨가는 사람도 있다. 회사 일이 재미없다고 투덜거리는 사람 중에는 일 그 자체보다도 어려운 대인관계로 인해 퇴직하거나 전직하는 사람이 많을 것이다.

　한 판화가는 이렇게 말했다. "나는 내 일 때문에 고생해 본 기억이 없다. 왜냐하면 대부분의 일은 자연스럽게 해나가는 것이며, 고생해서 만들어내는 것은 일이라고 할 수 없기 때문이다. 게다가 기술의 슬럼프 따위는 없다고 단언한다. 고생은 오히려 일 이외의 대인관계에서 겪는다."

　그러나 아무리 교제가 번거로운 일이라 해도, 직장 생활을 하려면 좋든 싫든 간에 대인관계를 유지해 나갈 수밖에 없다. 이 세상에 살고 있는 이상 세상이 아무리 싫어도 도망쳐서는 안 되며, 만일 어디로 가더라도 결코 도망칠 수는 없다는 것을 깨닫는다면, 이 현실 세계를 그대로 받아들이고 그 속에서 살아가는 수밖에 없다.

남과 사이좋게 지낸다는 것은 그다지 어려운 일이 아니다. 무슨 소리를 듣든 그저 싱글벙글 웃으면 되기 때문이다. 그러나 늘 그렇게 하고 있으면, 남이 지시하는 대로만 움직이게 되어 자신의 가능성이 꺾이고 말 것이다. 대인관계를 원만하게 하기 위해서는 어느 한쪽만이 상대방의 비위를 맞출 것이 아니라, 서로 상대의 가능성을 살려 주면서 마찰을 줄여 나가야 한다.

때로는 오해를 받고 절교당하는 경우가 있을 수도 있지만 이쪽에서 먼저 그렇게 해서는 안 된다. 여러 사람과 함께 있을 때도 자기를 잃지 않고, 또 혼자 있을 때도 많은 사람을 잃지 않는 관계를 유지해 나가는 것이 좋다.

남과 친하게 지내는 것은 좋지만 도가 지나치면 뜻하지 않은 함정에 빠지게 될 수도 있다. 특히 친구 사이의 금전 거래에 있어서는 주의하지 않으면 안 된다. 서양 격언에 "친구를 잃고 싶으면 돈을 빌려 주라."는 말이 있는데, 꼭 빌려 줘야 할 때는 안

받을 작정으로 빌려 주는 것이 낫다. 대개 돈이 원인이 되어 오해가 생기고 급기야는 불쾌감을 맛보기 때문이다. "친밀함을 떠난 사람에게는 슬픔도 두려움도 없다."라는 말이 있는데, 서로 친해지는 것도 적당한 것이 좋다.

사이가 나빠지는 것은 좋지 않은 일이다. 그것도 서로 말을 하지 않는다거나 눈을 맞추지 않는 정도라면 모르지만, 개중에는 입에 담지 못할 욕을 하고 서로 멱살을 잡는다거나 뒤에서 상대를 헐뜯는 사람도 있는데 그것은 정말 꼴불견이다. 만일 누구와 사이가 나빠졌다면, 상대방이 어떻게 하건 단지 자신의 부덕을 부끄럽게 여기고 그 사람을 탓하지 말며 인내하는 것만이 최선의 방법이다.

"남과 사이가 멀어지게 되면 곧 화해하라. 남의 선행은 알리고 실수는 감춰 주어라. 남의 부끄러운 곳을 끝까지 건드리지 말며, 비밀을 듣거든 다른 사람에게 말하지 말라."는 말이 있다. 성심 성의를 다했는데도 상대가 자기 곁을 떠나간다면 어쩔 수 없는 일이다. 그럴 때는 '떠나는 사람은 뒤쫓지 말고 오는 사람은 막지 않는다.'는 태연자약함이 있어야 할 것이다.

14_ 훌륭한 스승을 만나고 싶을 때

'나는 왜 좋은 스승이나 선배를 만나지 못한 것일까?' 하고 한탄하는 사람이 있을 것이다.

배움의 길에 있는 젊은이들에게 있어서 훌륭한 스승의 가르침을 받느냐 못 받느냐 하는 것이 그들의 인격 형성에 미치는 영향은 천지 차이이며, 그것은 먼 훗날까지 영향을 끼친다.

훌륭한 스승의 언행을 충분히 소화하여 학습한 사람은 언제까지나 그 은혜에 감사하고 기품을 몸에 익히며 배움의 즐거움을 후배들에게 전하려고 한다. 하지만 무책임한 스승에게서 배우면 아무것도 남지 않고 더구나 다른 사람에게도 전달되지 않는다.

<논어>에도 "아침에 도를 깨달으면 저녁에 죽어도 좋다."는 말이 있듯이, "인생에 있어서의 진실은 바로 이것이다." 하고 홀

룡한 스승으로부터 가르침을 받았을 때의 즐거움이란 실로 형언할 수 없는 것이다. 진실로 훌륭한 스승이란 자신의 지식을 그대로 강요하지 않는다. 오히려 자신은 지식의 보유자가 아니라 지식의 전수자로서 만족하는 것이다. 스승은 자기가 전해야 할 학문의 방법을 제자에게 전하기만 하면 그것으로 충분하며, 제자가 한발 앞섰을 때 스승으로서의 사명은 끝나는 것이다. 스승보다 훌륭한 업적을 남기는 것이 그 은혜를 갚는 길이며 그 이외의 어떤 사례도 바라지 않는다.

그런데 요즘의 상황은 어떤가?

어떤 학문적인 발표라 해도, 만일 은사의 학설을 반박한다면 그것은 곧 배신 행위로 치부되어 개인적인 원망뿐만 아니라 은혜를 모르는 사람이라는 지탄을 받게 된다.

하물며 제자가 자신의 연구 논문을 출판하는 경우에는 학계 중진들의 허락을 받지 않으면 안 되며, 만약 그것이 중진들의 학설을 비판하는 내용이라면 곧바로 학계에서 버림받는 꼴이 되고 만다. 이것은 마치 깡패들 세계에 있어서의 두목과 부하의 관계와 조금도 다를 바 없다.

일찍이 검도 같은 분야에서는 스승으로부터 그 비법을 모두

이어받으면 독립하여 스승과 대등한 검객으로서 마주서서 사적인 감정을 버리고 어디까지나 기술로써 정당한 경쟁을 했다고 한다.

그런데 어느 사이엔가 이러한 사제지간의 도리가 잘못 인식되면서 오늘날에는 학벌만이 난립하여 실력보다는 중진들의 권력과 지위 밑에서 편히 자란 교사나, 혹은 좋은 스승도 학문도 얻을 수 없도록 양산된 학교에서 단지 학점을 얻은 것만으로 졸업하고도 교육을 받았다고 착각하는 학생들이 너무 많은 것 같다.

우리들은 이제 스승이나 학생이나 다 같이 서로가 진리를 찾는 한사람의 인간에 지나지 않는다는 겸허한 마음을 지녀야 할 것이다.

마음 속에 새겨두고 싶은 한마디

인생에는 해결법 같은 것은 없다.
인생에 있어서 있는 것은 진행중인 힘뿐이다.
그 힘을 만들어내야 할 뿐이다.
그것만 있으면 해결법 따위는 저절로 알게 된다.

– 생텍쥐페리

15_ 진실한 충고를 듣고 싶을 때

　요즘 세상을 보면, 어지간한 일이 아닌 한 남에게 질책받는 일도 없고, 남의 부정을 보고도 적당히 못 본 척하는 사람이 많다. 그러나 이렇듯 아무도 마음을 써주지 않고 방치해 두면 오히려 불안을 느껴 때로는 부모에게라도 꾸중을 듣고 싶은 기분이 들기도 한다. 그럴 때는 본인이 구제받고 싶어한다는 증거이므로 충분히 납득할 수 있는 방법으로 꾸짖는 것도 필요하다.

　내가 아는 사람 중에 샐러리맨인데 술 버릇이 나쁘고 요령을 부리며 할 일도 제대로 하지 않아 '월급 도둑'이라는 별명이 붙은 사람이 있다. 그런데 어느 날 그의 그런 모습을 잘 아는 상사로부터 다음과 같은 편지를 받았다.

　"나는 지금까지 자네가 하는 행동을 따뜻한 눈으로 바라보면서 웬만한 일은 용서해 왔네. 그러나 최근에 이르러 그것은 잘못이었다는 걸 깨달았네. 자네의 무책임한 행동을 보고도 그대로 내버려 두는 것은 자네를 위해서나 회사를 위해서나 좋지 않은 일이라는 것을 알았기 때문이지.

자네의 지금 태도는 자신에게 충실하거나 인생을 열심히 살려는 진지한 모습이라고 볼 수 없네. 누구나 많은 고뇌와 슬픔을 가슴 속에 간직하고 있지만, 모두 열심히 이를 악물고 필사적으로 살아가고 있지 않은가. 그런 냉엄한 현실에 등을 돌리고 자네는 매일 스스로 타락한 생활에 빠져 있네. 가끔 그렇다면 상관없겠지만 인생은 그렇게 달콤한 것이 아니야. 머지않아 자네는 자신으로부터나 회사 동료로부터, 그리고 세상으로부터도 버림받고 결국 돌이킬 수 없는 궁지에 빠지게 될 걸세.

무엇이든 진심으로 해볼 생각이 없으면 안해도 좋네. 하지만 그로 인해 자신이 어떻게 되더라도 절대 그 불행을 한탄하거나 남의 탓으로 돌려 세상을 원망하지 않기를 바라네. 어떤 불행한 경우에 빠지더라도 남에게 의지하지는 말게. 자기 뜻대로 되지 않는다고 해서 남을 원망해서는 안 되네. 인생이란 어차피 고독한 것이어서 자기 자신밖에 의지할 곳이 없다는 것을 항상 명심하게. 내가 말하고 싶은 것은 이뿐이네.

자네도 잘 알고 있겠지만 이렇게라도 말하지 않으면 안 되는 내 괴로운 심정을 이해해 주게. 자네에게도 할 말이 있을 거라 생각하네. 특별한 사정이 없는 한 툭 터놓고 얘기해 주지 않겠나? 언제라도 좋네. 늦은 밤이라도 상관없으니까 내 집으로 오든지 전화하기 바라네. 앞으로 열흘 동안만 기다릴 테니, 그 사이에 자네가 마음을 완전히 바꾼다면 나는 온갖 예의를 갖춰 자네를 맞이하겠네. 그러나 만일 열흘이 지났는데도 아무것도 생각하지 않고 대답도 없으며 전과 다름없는 생활을 계속한다면 나는 더 이상 자네를 필요로 하지 않을 걸세. 그때는 자네가 가고 싶은 곳으로 가서 하고 싶은 일을 해도 좋네. 회답을 기다리고 있겠네."

이 편지를 읽은 그는 이렇게까지 자신을 생각해 주는 사람이 이 세상에 존재하고 있다는 사실을 깨닫고 감격의 눈물을 흘렸다. 그 후 그는 완전히 딴사람이 되었다.

남을 진정으로 꾸짖을 자격이 있는 사람은 먼저 자기 자신을 꾸짖는 마음으로 남을 꾸짖어야 한다. 그렇지 않으면 효과가 없을 뿐더러 상대방도 진지하게 들어주지 않는다. 우리도 서로 진심으로 엄하게 꾸짖을 수 있는 사람이 되어야 하지 않을까?

16_ 자기의 길만을 추구하고 싶을 때

　상가나 번화가를 걷다 보면 실로 다양한 옷을 입은 사람들과 만날 수 있어 흥미롭다. 세 사람 중 하나는 넥타이를 매고 자켓에 스웨터, 콧수염에 진바지도 있다. 여성에게로 눈길을 돌리면 최신 패션 쇼를 보는 듯 단 한 사람도 같은 옷을 입은 사람이 없다. 반바지, 원피스, 투피스 등 연구에 연구를 거듭하여 보는 사람의 눈을 즐겁게 해줄 뿐만 아니라,, 모두들 자기에게 어울리는 복장을 하고 있다.

　한 심리학자는 인간의 생활방식의 다양성을 지적하고 그 성격을 편의상 일곱 가지로 분류하였다. 즉 향락인, 의무인, 모험인, 도피인, 추구인, 무집착인, 자유인이 그것인데, 우리는 과연 이 중 어느 것에 해당되는 것일까?

　향락인은 자주성이 없고 쾌락을 추구하며 놀이를 삶의 보람으로 여긴다. 의무인은 사회적 관습이나 규율을 충실히 지키는 데서 삶의 보람을 찾는다. 모험인은 사회적 제약에서 벗어나 자신의 인생을 사업이나 어떤 일에 건다. 도피인은 일에 실패했을 때 고립하여 사회로부터 등을 돌린다. 추구인은 사회적 제약에 순응하지 않고 자신의 이상을 세워 그 목적을 향해 매진한다. 또 무집착인은 세상에 구애받지 않고 유유자적한 생활을 보낸다. 자유인은 이상의 여러 범주와 떨어질 수 없는 관계에 있으며 절대적인 생활을 한다.

말하자면 향락인이나 의무인은 성격이 약한 형의 인간이며, 모험인과 도피인은 남에게 지기 싫어하는 형이다. 그리고 추구인과 무집착인은 강한 성격의 인간이라고 생각된다. 그것들을 집약하고 바르게 하는 것은 무색 투명하고 활달한 본래의 자기이며 이것이 이상적 경지라 할 수 있다.

여기서 분명히 말할 수 있는 것은 성격이 약하고 강하거나 남에게 지기 싫어하는 등의 기질을 가진 인간이 모두 다 결점 투성이라는 것이다. 그 결점을 하루빨리 깨닫고 자기 의지로 고칠수 있다면 좋지만 대부분의 사람들은 알면서도 고치지 못한다. 우리의 욕망에는 끝이 없어 각자가 자아의 확대에 정신을 뺏기고 있다가 극한 상황에 달하면, 성격이 약한 사람에게는 노이로제, 남에게 지기 싫어하는 사람에게는 히스테리, 성격이 강한 사람에게는 편집증이라는 자아의 좌절을 맛보게 된다. 그렇게 되지 않기 위해서는 현재의 자기 처지를 버리고 본래의 자기에 눈떠 아무것에도 사로잡히지 않는 생기발랄한 자유인이 되지 않으면 안 된다.

어느 크리스찬은 〈환희와 희망〉이라는 책 가운데서 "만일 나무가 모두 벚나무가 되고 싶어한다면 어떻게 될까? 새가 모두 공작이 되고 싶어한다면 어떻게 될까? 사람이 모두 나와 같이 되고 내 종교를 믿고 나의 주의를 신봉한다면 어떻게 될까? ……그때는 나는 이 세상이 싫어져서 하루라도 빨리 여기를 떠나고 싶어질 것이다."라고 말하고 있다.

누구에게나 그만의 성격이 있고 장단점도 있다. 그것을 서로 비난하여 좋아하는 사람만 편애하고 다른 사람은 비방한다면, 이 세상엔 하루도 평화로운 날이 없으리라. 우리가 할 일은 서로 상대방을 주시하며 각자의 이질성을 인정하고 존중하는 동시에 서로의 공통분모인 본래의 자기를 향해 각자 노력하는 것이다. 그렇지 않은 인류에게 미래는 없다 해도 과언이 아니다.

17_ 남을 사랑하는 마음이 부족할 때

미국의 심리학자 에릭 프롬의 말이 아니더라도 현대인은 남에게서 사랑받을 줄은 알지만 남을 사랑할 줄은 모르는 듯하다. 남의 호의나 친절은 당연한 것으로 받아들이면서도, 스스로 적극적으로 남을 사랑하고 봉사하는 것은 어리석은 일이라 여기며 자기를 중심으로 세상이 움직이지 않으면 만족하지 못하는 사람이 많다.

옛날 고사라국의 파세나디 왕은 맛가리라는 아름다운 왕비를 얻어 행복한 나날을 보내고 있었다. 어느 날 망루에 올라 주위 경치를 바라보던 왕은 불쑥 왕비에게 물었다.

"이 넓은 세상에서 당신이 가장 사랑하는 사람은 누구요?"

그것은 두말할 것도 없이 자신일 거라는 기대에서였다. 그런데 왕비는 "왕이시여, 나는 이 세상에서 나 자신보다 더 사랑스러운 사람이 없습니다." 하고 대답하는 것이 아닌가. 큰 충격을 받은 왕은 석가를 찾아가 가르침을 구하였다. 그러자 석가는 이렇게 설법했다. "사람의 생각은 어디든 갈 수 있다. 그러나 어디로 가더라도 자기 자신보다 더 사랑스러운 것을 발견할 수는 없다. 마찬가지로 다른 사람에게 있어서도 자신이 가장 사랑스러운 법이며, 따라서 자신의 사랑스러움을 아는 사람은 남을 헤쳐서는 안 된다."

잘 생각해 보니 왕도 사실 자신이 가장 사랑스러운 사람이라는 생각이 들었다. 아무리 서로 사랑하는 사이라 해도 궁극적으로는 자기 자신이 가장 사랑스러운 것이다. 석가는 사람은 누구나 자신을 가장 사랑하고 아끼며 그것은 피할 수 없는 숙명임을 간파하고, 서로 존중하여 상대의 기분을 상하게 하지 말고 양보하며 돕고 살라고 가르친 것이다. 아무리해도 남의 존재가 귀찮아 사랑할 수 없다면, 남의 호의나 친절을 일체 기대하지 말고 거절하여 스스로 철저한 고독 속에 빠져 보는 게 어떨까?

석가의 제자 중에도 동료의 존재가 귀찮아 혼자만의 고독을 사랑한 수행자가 있었다. 석가는 그 사람이 겉보기에는 의젓해 보이지만 마음은 약하다는 것을 꿰뚫어보고, 어느 날 그의 용기를 시험해 보려고 이렇게 말했다. "이 산 너머에 깊고 으슥한 계곡이 있는데 그 계곡의 나무 아래서 명상을 하도록 해라."

그는 "예, 알았습니다." 하고 대답하고는 기뻐서 신바람을 내며 산으로 들어갔다. 그런데 목적지에 도착해 나무 밑에서 명상에 잠기려던 그는 한두 시간이 지나면서부터 점점 두려움과 쓸쓸함이 느껴져 견디기가 어려웠다.

"아! 누구든 말 상대가 없을까? 쓸쓸해서 견딜 수 없구나." 하고 혼잣말을 하던 그는 너무 고독한 나머지 '공연히 여기 와서 명상하는 것을 승낙했구나.' 하는 후회마저 들었다. 마음 속으로는 '내가 왜 이런 수행자의 길을 택했을까? 원래 부잣집 출신으로 무엇 하나 불편하고 부족한 게 없었지 않은가. 집에는 많은 사람들이 있고, 매일매일을 충분히 즐겁게 보낼 수 있지 않았던가? 집에서는 모두가 기다리고 있는데 차라리 하루빨리 수행을 그만두고 돌아가고 싶다.' 하는 생각조차 들었다.

그가 명상하기를 단념하고 돌아갈 채비를 하고 있을 때 석가가 다가와 이렇게 물었다. "너는 평소 용기가 있어 보였는데 이 계곡에 와서 쓸쓸하지는 않더냐?" 그는 "네, 실은 너무 쓸쓸해서 이제 여기 더 있고 싶지 않습니다." 하고 정직하게 대답했다.

그때 코끼리 한 마리가 다가와서 나무 밑에 누워 잠을 자기 시작했다. 석가는 그것을 보고 "이렇게 편안하게 자는 코끼리의 심중을 헤아릴 수 있겠느냐?" 하고 물었다. "모르겠습니다." 하고 대답하자, 석가는 이렇게 말했다.

"이 코끼리는 크고작은 500여 마리의 코끼리 중 한 마리인데, 지금 그 무리를 떠나서 이렇게 혼자 편히 잠들 수 있는 것은 무리의 불편함을 알고 있기 때문이다. 이렇게 한낱 짐승조차도 혼자가 되고 싶은 욕구를 지니고 있다. 그런데 여러 사람에게 둘러싸여 있을 때는 그 번거로움을 피해 출가한 자가 이제 와서 왜 고독을 싫어하느냐? 아무리 주위에 많은 사람이 있어도 도리를 분별할 줄 모르는 자와 어울려 있으면 오히려 수행에 방해가 될 뿐이다. 수행에는 동지가 필요없다."

그 수행자는 비로소 석가가 왜 자기를 깊은 계곡으로 보냈는지 깨닫게 되었다. 이 이야기는 고독해지고서야 비로소 사람과 어울리는 것의 소중함을 알 수 있음을 깨우쳐 준다. 현대인 중에는 군중 속에 있으면서도 스스로 마음의 문을 닫아 소외당하고, 남을 사랑할 줄도 사랑받을 줄도 모른 채 혼자 쓸쓸히 지내고 있는 사람이 많다.

18_ 역경에 처했을 때

누구나 자기 인생이 순풍에 돛단 듯 여유롭기를 바라지만, 살다 보면 때로는 역경에 처하는 경우도 있다. 이제까지 순조롭게 일사천리로 나아가던 사람이 한번 역경에 빠지면, 지금까지의 패기는 어디로 가고 어느새 의기소침해져서 고독감과 삶에 대한 회의를 느낀다. 일은 잘 되지 않고, 동료나 후배들에게 뒤처진 채 혼자 남아 고립된 듯한 느낌으로 자칫 세상의 비정함을 원망하기도 한다. 그러나 아무리 세상을 원망해도 결과는 마찬가지다. 그럴 때일수록 빈털터리로 처음부터 다시 출발하려는 용기와 자신감을 갖지 않으면 안 된다.

<이솝 우화>에 '종달새와 농부'라는 이야기가 있다. 밭을 둘러보러 나온 농부가 보리가 다 익은 것을 보고는 "동료에게 부탁해서 거둬들여야겠군." 하고 혼잣말을 하자, 그곳에 둥지를

틀고 있던 어미 종달새가 그걸 듣고 새끼 종달새에게 말했다. "아직은 딴 데로 도망가지 않아도 되겠다." 그런데 며칠 후 농부가 와서 정말로 보리를 거둬들이기 시작하자, 어미 종달새는 새끼 종달새에게 "자, 이제 어디로든 도망가야 되겠구나. 농부가 동료를 부르지 않고 혼자서 거둬들이겠다고 하니 말이다." 하고 말했다고 한다. 스스로 하려고 작정하고 실행하면 웬만한 일은 다 성취할 수 있다는 뜻이다. 물론 일에 따라 결과적으로는 해낼 수 없는 일도 있겠지만, 그렇다고 해서 처음부터 겁을 집어먹고 꽁무니를 뺀다면 아무것도 할 수 없다.

바다에 사는 소라는 껍데기에 가시가 있는 것과 없는 것이 있는데, 가시가 있는 소라가 없는 것보다 더 맛도 좋고 값도 비싸다. 이 소라 껍데기의 가시는 바다 밑에서 몸을 지탱하고 안정시키기 위한 것으로, 세찬 조류 속에 살고 있는 소라일수록 가시가 잘 발달되어 있다. 우리 인생도 이 소라와 아주 흡사한 것이 아닐까?

아무 저항도 없이 편하게 자란 사람은 좌절하기 쉽지만, 험한 세파에 시달리며 고생한 사람은 역경에 처했을 때도 결코 좌절하는 법이 없다. 따라서 역경에 처했을 때는 오히려 기뻐하고 그것을 있는 그대로 솔직히 받아들이는 것이 좋다. 역경과 대치해 보고서야 비로소 순조로운 경지나 행복의 소재를 깨닫게 되는 것이다. 눈 위에 혹이 있어야만 그것을 없애 버릴 용기가 생기듯이, 자기 주위에 싫어하는 것이 있는 것을 좋아할 사람은 없다.

우리 인생에는 반드시 파도와 같은 흥망성쇠가 있기 마련이다. 눈앞의 역경에 사로잡히지 말고, 전화위복이라는 말을 되새기며 이윽고 떠오를 태양을 위해 지금부터 준비해 두어야 할 것이다. 그러기 위해서는 우선 그날까지 참을성있게 인내심을 기르는 것이 무엇보다도 중요하다.

마음 속에 새겨두고 싶은 한마디

나무에 가위질을 하는 것은 나무를 사랑하기 때문이다.
부모에게 꾸중을 듣지 않으면 똑똑한 아이는 될 수 없다.
겨울 추위가 한창 심한 해에는 봄의 푸른 잎이 한층 푸르다.
사람도 역경에 단련된 후에야 비로소 제값을 한다.

– 벤자민 프랭클린

19_ 동정심이 부족할 때

다른 사람이 곤란을 겪거나 괴로워하는 모습을 보고도 태평하거나, 오히려 기분이 좋은 듯 조소하는 태도를 취하는 사람을 가끔 볼 수 있다. 혹은 자기 주장을 관철시키기 위해 이에 반대하는 사람을 까닭없이 싫어하는 사람도 있다.

"남자는 집에서 한발짝만 나서도 7명의 적이 있다."는 말이 있는데, 상업상의 적, 출세의 적, 연적, 학생에게는 시험 경쟁 상대 등 현대인에게는 적이 무척 많다. 같은 인간으로 살아가면서 왜 그토록 상대방이 미운 존재가 되는 걸까? 언제까지나 그러한 적대 행위에 몰두하다 보면 다른 사람을 이해하는 포근한 마음은 완전히 사라지고 냉혹한 마음이 자리잡게 되고 말 것이다.

어릴 때부터 끊임없이 경쟁에 내몰리고 있는 학생들, 그것도 일류대학에 다니는 학생들 대부분의 생각이 한쪽으로 기울어

편향되어 있다고 한다. 제멋대로 기울어 있는 것이 아니라 뇌의 움직임이 왼쪽으로 치우쳐 있어 정서가 불안정하다는 것이다.

뇌의 움직임을 오랫동안 연구해 온 한 과학자는 "사람의 뇌는 왼쪽과 오른쪽으로 나뉘어 왼쪽은 학문적 지식이나 지성을, 오른쪽은 감각적 정서나 정조를 맡고 있다."고 말했다. 그런데 오랫동안 시험 경쟁에서 이기기 위해 투쟁심으로 뭉쳐진 현대의 학생들은 왼쪽 뇌만 발달하고 오른쪽 뇌의 움직임이 둔해진 결과, 학문적인 지식이나 지성에만 뛰어나 사리는 잘 따지지만 독창력이나 동정심이 없는 냉혈인간이 되어 버렸다는 것이다. 그런 냉혹한 인간이 학문의 최고학부에서 열심히 공부해 장차 여러 분야에서 지도자가 되어 활약할 것을 생각하면 두렵기조차 하다.

학생뿐만이 아니라 사회 곳곳이나 여성들 사이에서도 이같은 풍조가 나타나는데, 다른 사람으로부터 가혹한 대우와 학대를 받았다면서 원한을 품고 어떻게 해서든지 상대에게 복수하고 말겠다고 기회를 엿보는 여성도 있다.

보통 사람이라면 '눈에는 눈, 이에는 이' 라는 식으로 한번 언어맞으면 두세 대쯤 후려갈겨 주고 싶은 심정이 들 것이다. 그러나 그렇게 되면 결코 화해할 길이 열리지 않고 서로가 증오의 불길을 내뿜는 싸움으로 비화되어 결국 함께 쓰러져 자멸하고 말 것이다. 그렇게 되지 않기 위해서는 서로가 감정을 건드리는 불씨를 퍼뜨리지 않도록 조심함으로써, 남을 곤란하게 하거나 괴롭히지 말고 다같이 부족한 점이 많은 인간으로서의 일체감을 맛보려는 온화한 마음을 지녀야 한다.

마음 속에 새겨두고 싶은 한마디

인생은 화살이다.
그러므로 당신은 알아야 한다.
표적이 무엇인지를, 활을 어떻게 사용할 것인지를.
그 다음 당신은 활에 화살을 장전하여 그것을 날려보내야 한다.
— 헨리 벤 다이크

20_ 봉사정신이 부족할 때

"내 것은 내 것이고 남의 것도 내 것"이라며 무엇이든 혼자 독점하려는 사람은 많은데, 자기 것을 포기하면서까지 남을 위해 베푸는 사람은 드문 것 같다. 그 증거로 전철이나 버스를 탈 때도 서로 먼저 타려고 앞다투어 들어가고, 좌석을 차지한 사람은 도무지 양보 정신이 없다.

누구나 자신이 제일이라는 생각으로 남을 밀어젖히고라도 제 자신만 편안해지고 득을 보려고 한다. 세상은 빠르고 강한 자가 이기게 되어 있어, 느리거나 약한 자는 언제나 손해를 보게 마련이다. 눈 감으면 코 베어간다는 각박한 세상에서 남을 위해 봉사하겠다는 마음으로 그것을 묵묵히 실행하는 사람은 오히려 업신여기며 각자가 제멋대로 살아가고 있는데, 이로 인해 아귀다툼이 일어나지 않는다면 오히려 이상한 일이다.

석가가 어느 날 탁발을 하고 있는데 한 농부가 다가와 따지듯이 물었다. "우리들은 이렇게 밭을 갈고 씨를 뿌려서 양식을 얻고 있소. 당신도 마찬가지로 손수 씨를 뿌려서 식량을 얻는 것이 어떻겠소?"

그러자 석가는 "당연한 말이오. 나도 역시 밭을 갈고 씨를 뿌려서 그 수확으로 식량을 얻고 있소" 하고 선뜻 대답했다.

농부는 이 말의 의미를 이해하지 못해 "하지만 나는 당신이 밭을 갈거나 씨를 뿌리는 모습을 본 적이 없소. 당신의 괭이는 어디에 있는 것이오? 당신의 소는 어디에 있고 어떤 씨앗을 뿌리고 있소?" 하고 물었다. 이 농부는 실제로 육체노동을 하여 그 수확물을 생산해내는 사람만이 식량을 얻을 권리가 있고, 남으로부터 얻어 생활하는 사람은 불로소득자로서 양식을 얻을 권리가 없다고 생각했음에 틀림없다. 그래서 석가는 다음과 같은 말로 그 농부를 일깨워 주었다.

"지혜는 내가 일구는 괭이요, 믿음은 내가 뿌리는 씨앗이다. 사람들의 행동이나 말, 마음에서 악을 뿌리뽑는 것은 내가 밭에서 잡초를 뽑는 일이다. 혼신을 다해 노력하는 것은 내가 끄는 소로서, 그것은 쉬임없이 활동하여 물러나는 일이 없고 슬퍼하는 일이 없으며 우리를 편안한 경지에 이르게 한다. 이와 같은 것이 내가 일구는 밭이니, 그 수확은 감로의 과실이다. 사람은 이렇게 밭을 가는 것에 의해 일체의 괴로움으로부터 해탈할 수 있다."

우리들은 유형적인 것이 아니면 식량을 얻을 권리가 없고 남에게 봉사할 수 없다고 생각하기 쉬운데, 그렇다면 교사나 변호사, 의사, 상인이나 프로야구 선수, 운전 기사 등도 물건을 생산하지 않기 때문에 식량을 얻을 권리가 없다는 얘기가 되고 만다. 그러한 사람들도 무형적인 기술로 국가와 사회에 봉사하고 있는 것이다. 석가도 마찬가지로 그 말씀과 행위로써 사람들을 행복하게 해주려고 노력했던 것이다.

우리는 누구나 지혜가 있는 자는 지혜로써, 지혜가 없는 자는 힘으로써, 힘이 없는 자는 재물로써, 재물이 없는 자는 기술로써, 기술이 없는 자는 말로써, 말을 잘 하지 못하는 자는 미소로써, 웃음이 없는 사람은 기도를 통해서 다른 사람에게 베풀 수가 있다.

21_ 두려움이 앞설 때

흔히 여러 사람 앞에 나서거나 모르는 사람을 만났을 때는 너무 긴장한 나머지 시선이나 손을 어디에 두어야 할지 몰라 난처하고, 생각이 잘 정리되지 않아 하고자 하는 말을 못하게 되는 경우가 있다. 이것은 어지간히 뻔뻔스럽거나 배짱있는 사람이 아닌 이상 누구나 경험하는 일일 것이다.

특히 유명한 분이나 절세 미인 또는 외국인 앞에서 이야기를 하거나 갑자기 대중 앞에서 연설해 달라는 부탁을 받으면, 자신이 무엇을 말하고 있는지 생각이 정리되지 않아 꼭 하고 싶은 말을 하지 못하고 지리멸렬한 얘기만 두서없이 늘어놓고 만다. 그리고 '그때 이렇게 말했으면 좋았을 걸.' 하고 뒤늦게 후회하기도 하지만 이미 소용없는 일이다.

사람에 따라서는 상대방이 초면일 때 어떤 얘기부터 시작해야 좋을지 몰라 고민하고, 화제를 잘못 파악한 나머지 비즈니스에 실패해 대인공포증에 빠지기도 한다. 이런 타입의 사람들은 특히 자의식이 강하기 때문에 남에 대한 경계심도 강하다. 자기 몸을 지키려는 자세는 마치 두꺼운 껍질로 몸을 둘러싸고 있는 조개와 흡사하다. 조개는 그렇게 함으로써 적으로부터 몸을 보호해 안전하기는 하지만, 두꺼운 껍질 때문에 몸놀림이 둔하여 도리어 강자에게 잡혀먹히기 쉽다.

인간도 마찬가지로, '남에게 조소당하지 않을까? 혹은 속지나 않을까?' 하고 쓸데없는 걱정만 하며 몸을 사리고 있으면, 꼼짝달싹도 못하고 고립되어 사람들로부터 따돌림당하게 된다.

이렇듯 겁이 많은 사람은 남을 두려워할 뿐만 아니라 자신의 고립을 겁내기 때문에 뭔가 곤경에 처하면 제일 먼저 비명을 지르고 만다. 일단 조직이나 단체에 속하면 그것을 기회로 뽐내거나 허세를 부리면서 마치 자신은 겁이 많은 사람이 아닌 듯 위장한다.

두렵지도 않은 인간을 겁내는 것만큼 어리석은 일은 없다. 그러나 겁이 없는 사람 또한 드물다. 대담해 보이는 표정을 짓고 있는 남자도 실은 겁이 많거나 소심한 사람인 경우가 적지 않다. 다만 배짱으로 그것을 어느 정도 이길 수 있을 뿐이다.

인간은 누구나 다 마찬가지로 마음 속으로는 어느 정도 두려워하면서 살아간다고 생각하면, 그렇게 상대방을 두려워할 필요가 없다. 쓸데없는 신경을 써서 자기 자신을 위축시키거나 타고난 능력을 충분히 발휘해 보지도 못한 채 그대로 시들어 버린다는 것은 참으로 억울한 일이다.

자신의 이기심을 완전히 버리고 무심코 상대방과 마주했을 때 비로소 좋은 결과가 나타나는 법이다. 겁이 나면 겁난 대로 스스로의 감정을 거스르지 말고 자연 그대로 매사에 솔직히 행동하는 것이 중요하다.

마음 속에 새겨두고 싶은 한마디

물에 빠졌을 때
그 흐름에 반대로 가서는 안 된다.
될 수 있는 한 흐름에 따라 그냥 흘러내려가면
아무리 약한 사람도 물가나 언덕에 닿기 마련이다.

- M. D. 세르반테스

22_ 죄를 지었을 때

만약 자신의 잘못으로 인해 남에게 큰 상해를 입히게 되었을 때는 어떻게 하면 좋을까? 자신에게만은 결코 그런 일이 없을 거라고 단언할지라도 언제 그같은 실수를 저지를지 모른다. 일부러 그러려고 하지 않더라도 언제 어느 때 그런 처지에 빠질지 모른다.

어떤 사람이 친구를 차에 태우고 운전하던 중에 충돌사고로 자신만 살아나고 친구는 죽고 말았다. 그때 그의 충격은 말로써 표현할 수 없을 만큼 강렬한 것으로, 친구나 그 가족들에게 뭐라고 사죄해야 좋을지 몰라 차라리 자신도 죽어 버리고 싶을 정도였다.

죄를 짓고 감옥에 갇힌 사람을 보면 경범자일수록 죄의식이 약하여 "나는 운이 나빴다. 나보다 훨씬 나쁜 짓을 하는 사람도 있다."며 극구 자신을 변호한다. 그러나 살인범쯤 되면 남편이나 시어머니의 심한 구박을 더 이상 견디지 못해 순간적으로 살인을 저지르고 말았다는, 어느 정도는 동정할 만한 사정이 있는 경우가 많다. 이런 사람은 범행 후 자신이 어떻게 그런 끔찍한 일을 저지르고 말았는지 비로소 사건의 중대함을 깨닫고 자수하기도 한다. 복역중에도 후회와 눈물로 참회의 나날을 보내는 사람이 많다.

　죄 없는 사람을 다섯 사람이나 죽인 어느 흉악범은 사형 집행 직전 이렇게 마지막 유서를 남겼다.

　"나의 생애도 이렇게 끝난다고 생각하니 왠지 쓸쓸한 기분을 억누를 길이 없지만, 내 자신이 저지른 죄를 반성해 볼 때 당연한 벌이며 마땅히 받아야 할 대가라고 생각합니다. 형장의 죽음에 직면해 보고서야 비로소 생명의 존귀함과 산다는 것의 기쁨을 느낄 수 있게 되었습니다. ……나로 인해 죽은 다섯 사람이 그들 가족에게 유서를 남길 겨를도 없이, 아무 예고도 없이 죽어간 것을 생각할 때, 나에게는 재판받을 기회가 주어지고 죽음에 대한 준비도 할 수 있다는 것이 과분하게 여겨져 감사하고 있습니다."

우리들은 결코 나쁜 짓을 하지 않고 있다고 자신할지라도 자신도 모르는 사이 남에게 폐를 끼치는 일이 있을지도 모른다. 죄를 짓지 않고 살아갈 수 있는 사람은 이 세상에 없다.

한번 저질러 버린 죄는 평생 사라지지 않는다. 그러나 "죄는 미워하되 사람은 미워하지 말라."고 했듯이, 죄 그 자체는 완전히 없앨 수 없지만 진심으로 참회했을 때 비로소 죄가 사라질 것이다. "아무리 작은 죄라도 참회하지 않으면 그 대가를 피할 수 없고, 도리에 어긋나는 악행일지라도 참회하면 죄가 아니다."라는 말이 있는데, 참회한다는 것은 단지 "잘못했다."고 사과하는 것이 아니다. 용서를 빌고서 또다시 똑같은 잘못을 저지른다면 아무 소용이 없다. "잘못을 고치지 않는 것, 이것이 바로 잘못이다."는 말처럼 잘못은 한 번으로 충분하고 그것이 두 번 되풀이된다면 부정이 된다.

잘못을 참회한다는 것은 그것을 계기로 인생에 눈뜨고 이 세상에서 자신이 해야 할 일에 전념함으로써 지난 날의 잘못을 없애 나가는 일이다. 열심히 일하여 남에게 저지른 잘못의 만분의 일이라도 갚으려는 마음으로 사회를 위해 자신을 바칠 때 비로소 피해를 입은 사람도 너그럽게 미소지어 줄 것이다.

23_ 남의 잘못만 탓하려 할 때

　요즘의 젊은이들은 자신의 일은 제쳐 놓고 상대에게 요구하
거나 권리를 주장하는 데는 빈틈없지만, 막상 무슨 일이든 시켜
보면 제대로 하지 못하는 사람이 많은 것 같다.

　권리를 주장한 이상 그에 상응하는 의무나 책임이 따르는 게
당연한데, 그렇지는 않고 자기 주장만 내세우는 것은 뻔뻔스러
운 일이다. 할 말을 하고 있는 동안은 좋겠지만 언젠가는 아무
도 상대해 주지 않을 것이다. 또 불평만 하고 있는데 월급을 줄
회사는 어디에도 없다. 상점에서도 대금을 지불하지 않으면 물
건을 내주지 않는다. 제 할 일을 분명히 하고 그 대가를 지불했
을 때 비로소 권리를 주장할 수 있는 것이지, 실적도 올리지 않
고 다만 돈을 달라, 물건을 달라, 좋은 대우를 해달라 하고 말하
는 것은 당치도 않은 일이다. 남에게는 무엇을 요구해도 상관없

다는 듯한 행동은 너무 무책임한 일이다.

미국의 케네디 대통령은 "국가가 당신에게 무엇을 해줄 것인가를 생각하기 전에 국가에 대해 당신이 무엇을 할 수 있는가를 생각하라."고 말했다. 먼저 스스로에게 무엇을 할 수 있는가를 물은 다음 상대방에게 요구해야 할 것이다. 하지만 세상에는 무책임한 사람이 많아, 남에게 일을 떠맡겨 놓고 혼자만 편안히 앉아 있다가 결과가 잘못되면 도리어 자신을 피해자로 내세워 상대방을 마구 책망하기도 한다.

미국의 건축가 필립 존슨은 "우리가 땀흘려 연구해서 세워 놓은 건축물을 세상의 비평가들은 힐끔 한번 쳐다보고는 서슴없이 비평한다. 우리가 왜 이런 비평가의 소리에 신경을 쓰고 좋은 평을 듣기 위해 기분을 맞추려고 애쓰는지 모르겠다. 그것은 정말 바보스런 짓이다."라고 말하고 있다.

건축물뿐만 아니라 뭔가 남다른 일을 이룩하는 데는 막대한 에너지가 소모되고 숨은 노고가 뒤따른다. 하지만 이것을 비평가나 해설자는 한 마디 말이나 붓 끝으로 간단히 비평하고 만다. 방관자로서의 비평은 누구에게나 쉬운 일인데, 과연 그들이 비평하기 전에 당사자의 만분의 일이라도 그 노고를 생각하기나 하는지 궁금하다.

진지한 자세로 일에 몰두하고 있는 사람의 모습은 참으로 아름답다. 하지만 요즘 세상에는 그렇게 열심히 일하는 사람보다는 그 일에 대해 방관하는 입장에서 입에 발린 비평을 하고 흠을 잡으려는 사람이 많은 것 같다.

이처럼 누구나 스스로 당사자로서의 책임감을 갖고 일에 종사하지 않으면, 이 세상은 출연자도 없는 텅 빈 극장에 관객만이 북적대어 결국은 관객끼리 맞붙어 싸우는 결과를 낳고 말 것이다.

앞으로는 무대 위 출연자들의 연기를 단지 방관자의 입장에서 바라보기만 할 것이 아니라, 인생을 무대에 비유한 셰익스피어처럼 우리 자신도 무대에 서서 서로가 정당한 경기를 해야 할 것이다. 그러려면 각자 자기에게 주어진 역할을 완수하고 그 결과가 좋은 나쁘든 모두가 공동 책임을 지는 주체자, 즉 분담자가 되지 않으면 안 된다.

24_ 쓸데없는 일에 매혹되어 있을 때

어느 날 석가가 제자 아난다와 함께 수행을 하고 있을 때였다. 석가는 생선 가게 앞에서 잠시 발을 멈추더니 "저기 떨어져 있는 새끼줄을 주워 오너라." 하고 아난다에게 말했다. 잠시 후 석가는 아난다에게 그 새끼줄을 버리게 하고, 그것을 잡았던 손의 냄새를 맡아보라고 하였다. 아난다가 "비린내가 납니다." 하고 말하자, 석가는 "그렇다, 비린 생선을 묶으면 그 냄새가 새끼줄에 옮고, 그 새끼줄을 거머쥐면 손까지 비린내가 나고 만다. 마찬가지로 사귀는 사람에 따라 거기서 받는 영향은 헤아릴 수 없을 만큼 크며, 그것이 당사자를 좋게도 하고 나쁘게도 한다. 따라서 우리들은 사귀는 사람에게 세심한 주의를 기울이지 않으면 안 된다."고 말했다. 이 이야기는 오늘날의 상황에도 잘 들어맞는 진리가 아닌가 싶다.

요즘 영화나 텔레비전, 신문, 잡지 등을 보면 에로틱히고 자극이 강한 내용 투성이다. 미성년자들은, 아무런 죄의식도 없이 범죄를 저지르고 서로 죽이는 처참한 장면의 허구성을 간파하지 못한 채 단지 재미삼아 빠져든다. 그것이 바로 매스컴의 목적으로서, 상품을 팔기 위해서라면 수단과 방법을 가리지 않고 계속해서 제공하는 것이다. 그런가 하면 요즘들어 미성년자들의 음주, 흡연이나 환각제 복용, 폭력, 폭주, 살인 사건 등이 점점 늘어나고 있는 실정이다. 과연 우리는 이처럼 우려해야 할 현상을 언제까지나 속수무책인 채 방치하여도 되는 것일까?

미국의 철학자 윌리엄 호킹 박사는 "인간의 마음속에는 자신의 주의를 집중하게 하는 대상에 동화하려는 경향이 있다."고 말했다. 이것은 음미할수록 의미심장한 말로써, 가령 항상 비열한 생각을 하거나 추악한 것에 주의를 기울이고 불순한 환경에 처해 있으면 어느덧 자신도 모르는 사이에 그것에 물들어 버리고 만다는 뜻이다.

처음엔 나쁜 마성을 단지 호기심에서 보고 듣지만, 그 마성에 점차 매혹되어 어느덧 자신이 그 자체가 되고 만다. 자업자득이라고 해버리면 그뿐이지만, 그 결과 낭패를 당하는 것은 자기 자신이며 나중에 아무리 후회해도 때는 이미 늦고 만다.

사귀는 동료들도 마찬가지로, 나쁜 친구와 자주 어울리면 자신도 역시 나쁘게 물들어 그곳에서 좀처럼 빠져나오기 어렵다. 그렇게 얽힌 인연을 끊기 위해서는 어지간한 결단력이 없는 한 어려운 일이다. 반대로 선한 것과 접촉하면 언젠가는 그 감화를 받아서 자신까지도 선해지게 된다.

세상 사람을 선인과 악인으로 확연히 구분할 수 있는 것은 아니지만, 어떤 종류의 사람에게나 우리들을 성장하게 하거나 퇴보하게 하는 무엇인가가 있는 것 같다. 우리들에게 모처럼 주어진 보다 잘 살 수 있는 가능성을 헛되이 하지 않고 그것을 잘 가꾸고 뻗어나가도록 이끌어주는 친구들을 가까이 하는 것이, 궁극적으로는 우리 자신들을 성장하게 하고 정말로 살아가는 기쁨을 함께 누리는 길이라 믿는다.

25_ 쉽게 유혹에 빠져들 때

　일확천금을 얻을 수 있다는 얘기나 좋은 지위를 얻을 수 있다는 유혹에 무심코 흔들렸다가는 훗날 돌이킬 수 없는 파국에 빠지는 경우가 있다. 이같은 유혹의 마수는 도처에 도사리고 있기 때문에 터무니없는 욕심을 부리면 그 마수에 걸려 후회하며 울상을 짓게 된다.

　분명히 달콤한 얘기는 우리들의 감각을 기분좋게 동요시켜, 그 말에 따르면 남보다 즐겁고 득을 보며 멋지게 살 수 있을 것 같은 착각에 빠지게 만든다. 하지만 아름다운 장미꽃에는 가시가 있듯이, 달콤한 얘기에는 반드시 함정이 있으므로 그것을 피해 나가지 않으면 안 된다. 세상에는 외도를 하다 거금을 탕진시킨 회사 사장이나 빨리 가려고 철길을 건너다가 기차에 치여 죽은 사람 등 유혹의 마수에 걸려 자신을 망치는 예가 헤아릴 수 없이 많다. 그리고 그 대가는 너무도 큰 것이다.

인간의 욕망은 물질적 · 경제적인 것뿐만 아니라 명예욕이나 권력욕, 식욕, 성욕, 수면욕 등 끝이 없는데, 그것들을 자기 실현을 위해 충족시키려 하면 악마라는 의인화된 존재가 의식 속에 나타나 다른 쪽으로 유혹한다고 한다. 단지 욕망에만 사로잡혀 자신이 원하는 대로 몸을 내맡기면 악마에게 지배되어 인간성을 상실하고 만다.

그러나 여기서 주의하지 않으면 안 되는 것은 욕망 그 자체가 악마는 아니라는 점이다. 욕망 자체는 무색 투명한 것으로서 우리들의 계획이 실행될 때 비로소 좋게 혹은 나쁘게 나타나는데, 그것은 마치 불과도 같다고 할 수 있다. 불 덕분에 우리 가정은 밝아지고, 음식을 만들거나 가공, 보온, 소독 등을 할 수 있으니, 불이야말로 문명 생활에 없어서는 안 될 필수품이다. 그러나 똑같은 불이라 하더라도 자칫 잘못하면 화재를 일으켜 순식간에 모든 것을 잿더미로 만들고 만다. 이와 같이 불 그 자체는 선도 악도 아니지만, 우리들의 사용 방법 여하에 따라 유익하기도 하고 해롭기도 한 것이다.

식욕이나 성욕도 마찬가지로, 그 욕망 자체는 선도 악도 아니며 잘 활용했을 경우에는 건강 유지나 자손의 번영으로 이어지지만, 그렇지 않을 경우엔 소화 불량을 일으키거나 육체를 망치기도 한다.

욕망 자체를 없앤다는 것은 절대 불가능한 일이며, 그 욕망을 잘 사용하느냐 나쁘게 사용하느냐는 우리 자신에게 달려 있다. 따라서 나쁜 요인으로 이어질 수 있는 과도한 욕망을 좋은 요인으로 돌리기 위해서는 우리들의 주체성이 확립되어 있지 않으면 안 된다.

그러기 위해서는 설령 우리들에게 욕망이 있을지라도 그것에 사로잡히지 않고 자유자재로 자신의 욕망을 조절하고 구사할 수 있도록 노력해야 한다.

마음 속에 새겨두고 싶은 한마디

위대한 사람들이란
정신력이 어떤 물질적인 힘보다 강하다는 사실을
알고 있는 사람을 말한다.
그들은 생각이 세계를 지배한다는 것을 잘 알고 있다.

– 에머슨

26_ 남에게 호감을 받지 못할 때

"나는 이렇게 상대방을 위해 애쓰고 있는데, 왜 호감을 못 받는 것일까?" 하고 우울하게 생각하는 사람이 있을 것이다.

누구나 마음속으로는 남이 좋아해 주기를 바라지만, 현실은 도리어 남에게 외면당하는 경우가 있다. 특히 젊은이들 사이에 "다른 사람은 정답게 데이트하며 공원을 산책하고 있는데, 왜 나는 이성에게 인기가 없는 걸까?" 하고 비관하며 남을 원망하고 질투하기도 한다.

남에게 호감받는 타입으로는 다음과 같은 조건을 들 수 있다. 즉 성실, 명랑, 민첩, 겸허, 건강, 명석, 충실, 예의바름, 남의 말을 잘 들어줌, 적극성, 근면, 개성, 유머나 위트가 풍부함, 정열, 한결같음, 재주가 넘치고 용모가 단정하며 센스가 있는가 등등.

또 싫어하는 타입으로는 위선, 음침, 둔감, 거만, 병든 몸, 자기 주장적, 고리타분함, 의심이 많음, 구두쇠, 평범한 사람, 완고함, 호색한, 이해타산적, 어리석고 지지 않으려고 기를 쓰는 사람, 마음이 비뚤어진 사람, 단정하지 않고, 허영심이 많으며, 용모나 센스가 추악한 사람 등을 들 수 있다.

"사람이 사람다운 까닭은 사람과 사람의 결합에 있다."는 말도 있듯이, 이해타산적이거나 술자리에서의 친구는 손쉽게 만들 수 있지만 어려울 때 마음 속으로 의지할 수 있는 친구란 많지 않은 것 같다.

옛 말에도 "순탄한 생활은 벗을 만들고 어려운 생활은 벗을 시험한다."는 말이 있다. 친구라 할지라도 막상 희생이 따라야 할 단계가 되면 슬그머니 꽁무니를 빼며 도망가는 사람이 많다. 그럼에도 불구하고 얘기할 상대를 찾아 오늘도 또 전화를 걸거나 편지로 벗을 불러들이고, 혹은 만나러 나가는 것을 보면 우리들은 어차피 고독을 견디지 못하는 존재인지도 모른다.

세상에는 사람들에게 호감을 받아 친구가 되기 쉬운 사람과 쉽게 친해지기 어려운 사람이 있다. 친구가 되기 쉬운 사람은 사람이 잘 따르고, 이쪽에서 먼저 상대방에게 다가가면 동시에 상대방도 호감을 갖고 접근해 온다. 하지만 친구가 되기 어려운 사람은 이쪽에서도 겁먹어서 상대방에게 접근하지 못하고 또 상대도 호감을 갖지 않아 마지못해 접촉하든지 아니면 가능한 한 피하려 든다.

신경질적이고 심약한 사람은 내향적인 성격으로 스스로 상대방에게 동화하지 않고 피하려고 한다. 자기과시욕이 강한 억척스러운 사람은 외향적으로, 자기 주장을 끝까지 관철시키려고 한 나머지 도리어 상대방에게 미움받고 경원시된다. 이런 부류의 사람들도 친구가 되기 어렵다.

친구를 얻는 일은 특히 어려운 일로서, 자신의 욕심을 채우기 위해 상대방을 이용하는 자에게 친구가 생길 리 없다. 그들은 서로에게 이용 가치가 있는 동안은 친한 친구인 척 행동하지만, 그 가치가 없어지면 자연히 떨어져나가 멀어지고 만다. 참된 우정은 오히려 언제라도 자신을 상대방에게 바칠 수 있고 그래도 후회하지 않는 사람 사이에서 피어나는 것이다.

참되고 진정한 친구란, 주기 어려운 것을 주고, 하기 어려운 것을 해주며, 참기 어려운 것을 참고, 비밀을 솔직히 얘기하고, 그 비밀을 남에게 말하지 않으며, 곤경에 처했을 때도 멀리하지 않고, 가난하고 천해져도 경멸하지 않는 일곱 가지를 갖춘 사람을 말한다.

또 참된 친구의 세 가지 요소는 첫째, 잘못을 보면 충고하여 고치도록 해주고, 둘째 좋은 일이 있을 때는 함께 진심으로 기뻐해 주며, 셋째 고통과 액운을 당했을지라도 멀리하지 않고 그 고통을 함께 나누는 것이다.

마음 속에 새겨두고 싶은 한마디

남에게 무례한 짓을 하지 말고, 남에게 무례한 짓을 당하지 말라.

모든 사람에게 예절바르고, 많은 사람에게 붙임성 있고,

몇 사람에게 친밀하며, 한 사람에게 벗이 되고,

아무에게도 적이 되지 말라.

위에 있으면서 교만하지 않으면 아무리 지위가 높아져도 위태하지 않고,

예절과 법도를 삼가 지키면 아무리 재물이 가득해도 넘치지 않는다.

냉정한 눈으로 사람을 보고, 냉정한 귀로 말을 들으며,

냉정한 마음으로 도리를 생각하라.

- 처칠

27_ 오해받고 있을 때

이웃에 사는 한 미망인이 자신의 심경을 이렇게 고백했었다. 외출을 자주 한다는 이유 때문에 바람이 났다는 소문이 나돌아, 이제는 시장에 나가려 해도 눈치가 보여서 이웃과 어울리는 일 조차 싫어져 버렸다는 것이다.

세상에는 이렇게 남으로부터 의심을 받아, 불쾌하고 분한 생 각에 눈물로 밤을 지새거나 화를 못이겨 괴로워하는 사람들이 있다.

<법구경>에 이런 얘기가 있다.

석가가 제자 아난다 등을 데리고 코산비라는 마을에 머물고 있을 때, 석가에게 원한을 품은 사람이 마을 사람들을 매수하여 터무니없이 나쁜 소문을 퍼뜨리고 다녔다.

아난다는 그 소문을 듣고 석가에게 "이 마을에 있어 봐야 좋은 일은 없을 것 같으니 다른 마을로 옮기는 게 어떻겠습니까?"
하고 물었다. 이에 석가가 "아난다야, 다음 마을도 이와 마찬가
지면 어찌하겠느냐?" 하고 묻자, 아난다는 "그렇다면 또 다른
마을로 옮기면 되잖습니까?" 하고 대답했다.

그러자 석가는 "그러면 어디를 가더라도 마찬가지다. 나는
비난을 받았을 때는 꾹 참고 가라앉기를 기다렸다가 다른 곳으
로 옮기는 것이 좋다고 생각한다. 깨달은 자는 이해관계나 칭찬
과 비방, 괴로움과 즐거움 등에 의해 동요되어서는 안 된다. 그
런 것은 머지않아 지나가 버리는 것이기 때문이다."라고 훈계
하였다.

사실 무근한 죄를 뒤집어쓰고 남에게 비난, 중상모략, 야유 등
온갖 모욕을 받으면서도 꿋꿋하게 그곳에 남아 버텨낼 수 있을
만큼 은인자중한 사람은 세상에 흔치 않다.

학식과 덕을 겸비하여 뭇 사람들로부터 존경받고 있던 한 스
님이 엉뚱한 누명을 쓴 일이 있다.

어느 날 절간 문 앞에 있는 꽃집의 딸이 임신한 사건이 일어
났다. 그 부모가 내막을 추궁하며 아기 아빠가 누구인지 캐묻
자, 딸은 입에서 나오는 대로 "실은 절의 주지스님에게 팔을 이

끌려 어쩔 수 없이 이런 일을 저지르고 말았습니다." 하고 고백했다.

그녀의 아버지는 화가 나서 곧장 절로 달려가 스님의 비행을 따져 물었다. 그런데 스님은 조용한 목소리로 "아, 그렇습니까?" 하는 말만 되풀이할 뿐이었다. 드디어 딸이 사내아이를 낳자, 그 아버지는 다시 스님을 찾아가 절에서 맡아 기르라고 했다. 그때도 스님은 "아, 그렇습니까?" 하고 싱글벙글 웃는 얼굴로 아이를 받아들었다. 이 소문이 점점 퍼져나가면서 스님은 외출할 때마다 사람들의 냉소를 받고 입방아에 오르내렸지만, 그는 마음에 거리낄 것이 없었다.

어느 정도 세월이 흐른 후, 꽃집의 딸은 양심의 가책을 견디지 못하고 부모에게 자초지종을 털어놓으며 자신의 실수를 고백했다. 그 내용인즉, 사실은 애인이 있고 그 남자의 아이를 가졌는데, 부모님께 차마 말을 하지 못하고 있던 터에 상대가 주지스님이라고 하면 아마도 틀림없이 용서해 줄 것이라는 생각에 그만 거짓말을 하고 말았다는 것이었다. 부모는 곧바로 절로 찾아가 주지스님에게 손이 닳도록 빌었다. 그때도 스님은 "그렇습니까, 그렇습니까?" 하며 미소를 지었다는 것이다.

우리도 때로는 까닭모를 일로 이러쿵저러쿵 남들의 입방아에 오르게 되고, 사실무근한 죄 때문에 괴로워하는 경우가 있다. 그것이 "아니땐 굴뚝에 연기 나랴?" 하는 속담처럼 만일 사실이라면 한시바삐 잘못을 뉘우치고 고쳐야 하며, 만일 사실무근한 일이라면 역시 소문을 나게 한 원인이 자신에게 있음을 인정하고 의심을 풀도록 자신의 언행에 주의해야 한다. 그리고 절대로 소문을 퍼뜨린 사람이나 세상을 원망해선 안 된다.

마음 속에 새겨두고 싶은 한마디

한 마디의 말이 들어맞지 않으면
천 마디의 말을 더 해도 소용이 없다.
그러기에 중심이 되는 한 마디를 조심해서 해야 한다.
중심을 찌르지 못하는 말이라면
차라리 입밖에 내지 않으니만 못하다.

– 채근담

28_ 탐욕스러운 마음이 생길 때

'달과 토끼' 라는 다음과 같은 옛 이야기가 있다.

어느 날 여우와 원숭이 그리고 토끼가 놀고 있는데, 한 나그네가 굶주림에 지친 듯 기진맥진하여 지나갔다. 세 짐승들은 모두 가엾은 생각이 들어 나그네에게 줄 음식을 찾아 나섰다. 얼마 후 여우와 원숭이는 많은 음식을 갖고 돌아왔지만 토끼는 빈손으로 돌아왔다. 그래서 토끼는 모닥불 속에 자기 몸을 던져 나그네에게 그 고기를 바쳤다. 순간 부처님의 모습으로 바뀐 나그네는 토끼의 그 갸륵한 마음씨를 칭찬하고 달세계로 보내 그 때부터 달에 토끼가 살게 되었다는 전설이 생겼다는 것이다.

여기에서 말하고자 하는 것은 토끼의 선행으로, 여우나 원숭이의 선행은 경시되고 무시당하고 있다. 만약 음식물을 가지고 오는 데 가치의 기준을 둔다면 토끼보다도 여우나 원숭이 쪽이 낫다고 말할 수 있다. 문제는 무엇을 바쳤느냐가 아니라 어떻게 바쳤느냐에 있다.

석가모니 시절에, 난다라는 한 노파는 석가에게 무엇이든 공양을 드리고 싶다는 간절한 소망을 지녀왔지만 너무나 가난한 운명 때문에 뜻을 이루지 못했다. 어느 날 등불을 공양하기로 결심하고 기름을 사기 위해 가게에 가자, 주인이 "당신은 몹시 가난한 듯한데 왜 기름을 살 돈으로 먹을 음식을 사지 않는 것이오?" 하고 물었다. 노파는 "이 세상에 태어나 지금까지 너무도 가난했던 탓에 부처님께 한번도 공양을 드릴 수 없었습니다. 이제 얼마 남지 않은 여생이니 적어도 한 번만이라도 공양을 드리고 싶어 기름을 사러 왔습니다." 하고 말했다.

노파는 기름을 넣은 등불을 가지고 석가에게로 가서 바쳤다. 그날 밤 성 밑에는 강풍이 휘몰아쳐 다른 등불은 모조리 꺼져버렸지만, 노파의 등불만은 휘황찬란하게 계속 타올랐다. 제자들이 어찌된 일인지 의아하게 여기며 그 연유를 석가에게 물으니 "그녀의 공양은 비록 보잘것없는 것이지만 지극한 정성이 깃들어 있기 때문이다."라고 대답했다는 것이다.

여기서도 물질적인 베풂보다 정신적인 베풂이 더욱 가치있다는 것이 강조되고 있다.

자기과시욕이 강하고 허영심 많은 사람들은 관계자가 보고 있는 곳에서는 아주 착한 사람인 체 행동하지만, 아무도 보고 있지 않는 곳에서는 아무것도 하지 않거나 나쁜 짓을 한다. 나쁜 일을 감추기 위해 착한 일을 하는 체하는 것이다.

이같은 성격의 소유자가 하루아침에 마음을 고치지 않는다는 것을 석가도 잘 알고 있었던 것 같다. 석가는 제자에게 "활활 타오르는 불 속에서 마른 풀을 짊어지고 무사히 빠져나오기란 참으로 어려운 일이다. 하지만 그것보다 더욱 어려운 일은 제멋대로이고 탐욕으로 뭉친 사람에게 바른 가르침을 들려주는 일이다."라고 말하고 있다. 〈법구경〉에도 "어리석은 자는 평생을 두고 어진 사람을 만날지라도 그것을 알지 못하는 것이, 마치 숟가락이 음식물에 항상 닿아도 맛을 모르는 것과 같다."고 하여 어리석은 자는 일생을 두고도 바른 가르침을 깨닫지 못한 채 생애가 끝나 버린다고 가르치고 있다.

이렇게 어리석은 사람은 자기의 어리석음이나 부족함을 깨닫고 오직 자신이 이 세상에서 해야 할 일을 평생 열심히 성실하게 하다 보면 반드시 구원받을 수 있을 것이다.

29_ 상대방을 꿰뚫어보는 안목이 없을 때

한 그루의 나무를 바라보면서 그 속의 잎사귀 하나만을 보고 있으면 나머지 잎사귀는 볼 수 없다. 잎사귀 하나만 주시하지 말고 오직 한 그루의 나무를 아무 생각 없이 바라보고 있으면 수많은 잎사귀들이 모조리 눈에 들어온다.

하나의 사물을 보는 데 있어서 그 사물의 한 면만을 보고 '이 것이다' 라고 속단하는 것은 금물이다.

우리들은 보통 자신의 감각이나 지각을 통해 바깥 세계를 내다보고 그 판단에 의해서 행동하는데, 아침에 일어나서 밤에 잠들 때까지 한순간도 이런 움직임을 멈출 수는 없다. 인간이라면 누구나 태어나서부터 죽을 때까지 자기 중심으로 바깥 세계를 내다보는 움직임이 계속된다. 자기 중심의 움직임은 인간뿐만 아니라 비록 아무리 하등동물일지라도 바깥 세계의 조건에 적응해 자신의 몸을 지키며 살아남으려는 의지를 갖고 있다. 하지만 인간이 다른 동물과 다른 점은 지각 작용이 있다는 것이다. 우리들은 자신들이 어떤 존재인가를 생각하는 지각 작용과 어떻게 하여 잘살 것인가 하는 소망을 가지고 있다.

불교에서는 이 지각 작용을 일으키는 마음의 창을 '오안(五眼)'이라고 하여 인간에게는 다섯 개의 눈이 갖추어져 있다고 말한다. 즉 육안(肉眼), 천안(天眼), 혜안(慧眼), 법안(法眼), 불안(佛眼)이 그것이다.

제1의 육안(肉眼)이란 글자 그대로 보통 우리들이 보는 눈을 말하고, 제2의 천안(天眼)은 초인적인 사람이 갖는, 시각적으로나 공간적으로 초월하여 벽이 가로막히거나 암흑 속에서도 꿰뚫어볼 수 있는 눈을 말한다. 제3의 혜안(慧眼)이란 보이는 대상의 존재 의미를 알 수 있는 지혜의 눈이요, 제4의 법안(法眼)은 주위 전체와의 관련 속에 존재하는 도리, 이법을 아는 눈을 말한다. 제5의 불안(佛眼)이란 부처님과 같은 자비로운 마음을 갖고 모든 것을 보는 눈으로, 이것을 '관(觀)'이라 하여 보는 쪽이나 보이는 쪽이나 어느 쪽도 차별을 두지 않고 일체화된 경지를 말한다. 이같은 다섯 가지 눈이 갖추어질 때 비로소 보는 대상물을 '잘 알았다' 고 말할 수 있다.

옛날 한 뛰어난 검객이 무예를 더욱 연마하기 위해 험난한 산속 계곡을 따라 걷던 중 반대편으로 건너야 할 어려운 지점에 다다랐다. 그곳에는 외나무다리가 걸쳐져 있었는데, 밑을 내려다보니 천길 낭떠러지로 아찔하게 현기증이 일었다. 그토록 담력이 세다고 자부해 왔던 무예의 달인이었지만 다리가 후들후들 떨려 도저히 건널 수가 없었다. 그런데 마침 그곳을 지나던 한 장님이 조금도 주저함이 없이 지팡이로 이리저리 짚어가며 외나무다리를 성큼성큼 건너가는 것이었다. 그것을 가만히 보고 있던 검객은 "나는 눈이 있으니까 무서운 것이다. 좋아, 눈을 감으면 틀림없이 거뜬히 건널 수 있을 거야" 하며 장님처럼 눈을 꼭 감은 채 건너갔다. 물론 아무렇지도 않게 거뜬히 계곡을 건널 수 있었다.

정말로 대상물을 '잘 알았다' 는 것은 그 자체를 잘 분별할 수 있을 뿐만 아니라 보는 주체나 보이는 쪽이 일체화되어 상대방 속으로 자신을 온전히 내던졌을 때 때 비로소 '알았다' 고 말할 수 있지 않을까?

30_ 남으로부터 험담을 들었을 때

　세상의 눈은 때때로 아주 매정하여 누군가가 어쩌다 실수를 하기라도 하면, 아무리 참회하고 반성하며 억울한 사정을 변명하고 부정할지라도 일단 나쁜 소문이 퍼진 다음에는 그것을 지워 버리기가 쉽지 않다. 특히 폐쇄적인 지역 사회에서는 좋지 않은 소문이 퍼지게 되면, 그 중압감을 견디다 못해 아예 모습을 감추어 버리거나 심지어는 자살하고 마는 사람도 있다. 좋은 평판이라면 몰라도 나쁜 소문을 듣고 기분좋아할 사람은 아무도 없다. 더욱이 전혀 근거도 없는 터무니없는 소문으로 인해 비웃음의 대상이 되고 괴롭힘을 당한다면 어떻게든 복수하고 싶은 기분이 드는 것은 어쩌면 당연한 일일 것이다.

　우리 주위에도 "저 사람은 근성이 비뚤어져 있다."고 험담을 듣는 사람이 있다. 그들은 그런 험담에 대해 변명도 부정도 하지 않기 때문에 그 소문이 더욱더 널리 퍼져 아무도 그를 상대하려 하지 않는 것이다. 그럴 사람이 아니라고 생각할지라도, 오해를 받기 쉽고 말이 없는 사람으로서 비뚤어진 성격의 소유자라면 그 소문은 믿어지게 마련이다.

자기가 생각하고 있는 것은 말을 해야 한다. 말하지 않는 사람은 마음 속에 무엇을 생각하고 있는지 헤아릴 수 없으므로 두렵다. 입에발린 말로 변명만 일삼는 것은 문제겠지만, 만약 말로 할 수 없다면 적어도 태도로써 자신의 의사를 나타낼 정도의 성의를 가져야 할 것이다. 그렇지 않으면 사람들이 말하는 대로 나쁜 사람이 되어 버리고 만다.

때로는 아무리 이쪽에서 진실을 말하더라도 믿어 주지 않는 경우도 있다.

1920년 미국에 사상 탄압과 인종 차별의 희생양이 되어 강도, 살인의 누명을 쓰고 사형이 집행된 사코와 반제티라는 두 사람이 있었다. 이탈리아에서 이민 온 그들은 복역 도중 몇 번이나 상소하여 무죄라는 탄원서를 냈지만 사법당국에서 받아들여지지 않았고, 사형 집행 후 20여 년이 지난 다음에야 재심사하여 겨우 무죄였음이 판명된 사건이었다. 간혹 이와 같은 형사 사건이 있지만, 진실은 하나밖에 없으며 설령 일생을 두고 오해를 받았더라도 그 진실은 결코 소멸되지 않는다. 아무리 남으로부터 오해를 받고 비난받더라도 이쪽에 양심의 가책을 받을 만한 일이 없다면 남의 비방이나 중상 따위에 신경쓸 필요가 없다. 도리어 그것을 높은 은총으로 받아들여 감사하는 마음으로 의젓하게 살아가는 것이 어떨까?

「수타니파타」에도 "나쁜 생각을 품은 사람들 속에 있으면서도 악의가 없고, 칼과 몽둥이를 손에 든 사람들 틈에서도 온순하며, 집착이 많은 사람들 속에 있으면서도 집착이 없는 사람, 이런 사람을 우리는 성자라 부른다."고 하였듯이, 이쪽이 의연한 태도를 갖고 있으면 악마는 자연히 물러가게 된다.

마음 속에 새겨두고 싶은 한마디

나는 인생 속에 네 가지 금언을 익혔다.

남을 해롭게 하는 말은 결코 하지 말라.

아무도 받아들이지 않는 충고는 하지 말라.

불평하지 말라.

설명하지 말라.

– R. F. 스콧

31_ 가짜에 현혹당하려 할 때

정보의 홍수 시대인 현대는 너무 많은 정보들이 쏟아져나와 어느 것이 진짜이고 가짜인지 판단하기가 혼란스럽다. 따라서 자신이 해야 할 선택과 결단을 내리지 못한 채 결국 그 정보에 휘말려 그중 적당한 것을 골라잡다가 난관에 부딪히기도 한다.

"물에 빠진 사람은 지푸라기라도 붙잡는다."는 속담처럼 자신이 몽상에 빠진 채 어떻게 해야 좋을지 몰라 괴로워하다 보면, 소신이 없이 남의 말을 그대로 받아들여 우왕좌왕하기도 하고, 어떻게 해서든지 자신만큼은 득을 보고 구원받고 싶다는 일념으로 귀를 기울인다. 그렇게 방황하는 사람이 있는 것을 좋은 기회로 여겨 거리에는 유언비어가 난무하고 해야 할 일을 제대로 하지 못하는 것이 현실이다.

그 근거로 세상에는 얼마나 무책임한 정보가 범람하고 있는가? 심지어 신문이나 잡지 광고까지 여기에 가세하고 있다. '손쉽게 돈을 벌 수 있는 방법', '난치병을 고치는 비법', '이렇게 하면 좋은 결혼 상대를 얻을 수 있다', '불황을 극복하는 길' 등등 군침도는 제목으로 사람들의 마음을 끄는 신문이나 잡지, 단행본들. 결혼의 궁합, 길일의 택일, 이름 풀이, 사주, 관상을 보는 곳이나 주술, 기도원 등이 성행하는 것도 요행이나 운수를 갈구하는 사람들이 많음을 입증하는 것이다.

상품 매매에 있어서도 바겐세일이나 반값 대매출이라고 선전하면 불필요한 물건이라도 닥치는 대로 사들이고, 앞으로 어떤 물건이 귀해질 것이라는 소문만 나돌아도 시중에서 그 물건은 날개돋친 듯 팔려 순식간에 동이 나고 만다.

그렇다면 대체 어떻게 해야 그런 허위 정보에 현혹되어 흔들리지 않고 가짜와 진짜를 구별하여 후회 없는 참된 행복을 누릴 수 있을까?

물론 참된 행복을 쉽게 누릴 수 있는 특효약이 있을 리 없다. 우리들은 누구나 다 행복하기를 바라고 있지만, 시대나 장소, 사람에 따라 각각 행복관이나 가치관도 달라진다. 그러나 그 중에서도 진정한 행복이란, 아무리 주위 조건이 변화하더라도 바꿰지 않는 법이다. 자신이나 상대방의 형편에 따라 평가가 달라지는 것이라면 참된 행복이라고 말할 수 없다. 다른 사람들이 생각하는 행복관이나 가치관에 의해 재어지는 것은 모두 상대적인 것이기 때문이다.

이 말은 결코 이 세상에 있는 모든 것은 덧없이 변해가는 가짜이므로 그것을 모두 거부하라는 뜻이 아니다. 변화하는 것을 그냥 그대로 받아들이고 흔들림없는 의연한 자세로 아무 거리낌없이 자신에게 충실하고 남에게 성실하며, 그리고 맡은 일은 정확하고 끈기있게 해나가는 길밖에 없다는 뜻이다. 또한 자신을 속이거나 남을 배반하지 말며, 순리를 거스르지 말고, 다 함께 힘을 합해 이 세상의 모든 것을 가치있게 꾸며나가는 곳에 참된 행복이 있다고 생각한다.

마음 속에 새겨두고 싶은 한마디

시간의 걸음걸이에는 세 가지가 있다.
미래는 주저하면서 다가오고,
현재는 화살처럼 날아가며,
과거는 영원히 정지하고 있다.

— F. 실러

32_ 남에게 원한을 품었을 때

옛날 인도에 장재라는 왕이 있었는데, 이웃 나라 프라후마다타왕과의 싸움에 져서 막 형장의 이슬로 사라지기 직전 아들에게 "오래 보아서는 안 된다. 짧게 서둘러서도 안 된다. 원한은 그 원한을 버림으로써 가라앉느니라." 하는 유언을 남기고 죽었다. 왕자는 구사일생으로 석방되었는데, 그 후 어떻게 해서든지 아버지의 원수를 갚으려고 모습을 변장해 프라후마다타왕을 섬김으로써 두터운 신임을 받았다.

어느 날 군사들을 거느리고 사냥을 갔다가 산과 들을 뛰어다녀 피로해진 왕은 이 청년(왕자)의 무릎을 베고 잠시 잠이 들었다. 지금이야말로 아버지의 원수를 갚을 절호의 기회라고 생각한 왕자는 칼을 뽑아 왕의 목에 들이댔다. 그런데 아버지의 유언을 생각하며 잠시 머뭇거리는 사이 왕이 눈을 뜸으로써 끝내

한을 풀지 못하고 자초지종을 고백하게 되었다. 왕은 장재왕의 유언을 듣고 크게 감동하여 지금까지의 자신의 잘못을 사죄했을 뿐만 아니라, 왕자에게도 본래의 국토를 되돌려주고 화해했다고 한다.

"오래 보아서는 안 된다."는 말은 원한을 언제까지나 품지 말라는 뜻이며, "짧게 서둘러서도 안 된다."는 말은 성급하게 우정을 짓밟지 말라는 뜻이다.

원한은 원한에 의해서는 씻을 수 없고, 원한을 버림으로써 비로소 사라진다. 남을 원망하면 자신의 기분은 좋아질지 모르지만 그것은 그 순간뿐이고, 어느 쪽이 잘못했든 간에 끝없이 원한을 품고 복수를 계획하는 악순환이 계속된다면 점점 원한이 깊어갈 뿐이다. 따라서 이쪽에서 한시라도 빨리 원한을 끊어 버리지 않으면 안 된다.

아주 옛날, 한 사나이가 어떤 사람에게 원한을 품고 있었는데, 하루도 마음편한 날이 없고 날이 갈수록 몸만 쇠약해질 뿐이었다. 그래서 친구가 "자네는 왜 그렇게 갈수록 수척해져 가는가?" 하고 물으니 "사실은 어떤 사람이 나를 모함하고 있는데 어떻게 복수를 해야 할지 몰라 이렇게 고민하고 있다네." 하고 대답했다. 친구는 "상대방에게 원한을 풀 수 있는 좋은 방법이 있네. 그것은 마귀의 저주를 씌우는 것인데, 그러면 상대방에게 확실히 복수할 수 있네." 하고 말했다.

"그 저주를 어떻게 하면 씌울 수 있는지 가르쳐 주게."

"가르쳐 줄 수는 있지만 그것을 상대방에게 걸기 전에 자신이 먼저 죽고 마는데 그래도 좋은가?"

"설령 내가 죽어도 좋으니까 어떻게든 상대방에게 복수를 하고 싶네."

세상에는 이렇듯 계속해서 노여움이나 원한을 마음 속에 간직하고 있다가 도리어 자신과 상대방이 함께 쓰러지고 마는 사람도 있음을 깨우쳐 주는 일화이다.

또 다른 일화가 있다. 어느 날 오만방자한 한 여성이 정신병원에 입원하였는데, 진찰을 받던 중 그녀가 심한 반항 끝에 의사의 얼굴을 때리고 말았다. 의사는 환자를 때려줄 수도 없어 분하고 또 분했지만, 우선 그 순간은 어떻게든 참았다. 그러나 생각할수록 화가 치밀어올라 밤에 잠을 이룰 수가 없었다. 그는 자리에서 일어나 그녀를 빗자루로 몇 번이나 두들기는 장면을 상상하고 나서야 겨우 잠이 들었다고 한다.

이렇듯이 복수의 칼을 당사자에게로 겨누지 않고 다른 해가 되지 않은 행위로 전환하는 길을 모색하는 것도 원한을 가라앉히는 한 방법이 될 수 있다.

남에게 괴롭힘을 당하면 그대로 보복하려 할 것이 아니라, 어리석은 사람과 맞서 상대하고 있으면 자신까지 어리석은 사람이 된다는 것을 생각하고 오히려 그러한 사람들을 가엾게 여길 수 있는 마음의 여유를 갖는 게 좋지 않을까?

참을 수 없는 모욕을 당했을 때는 누구나 원한을 품기 쉽지만, 그럴 때는 불에 달군 쇠를 도공이 수없이 두들김으로써 좋은 칼을 만들듯이 사람도 힘든 것을 참고 견딤으로써 훌륭한 인격자가 된다는 것을 생각할 필요가 있다. 사람이 아무리 심한 모욕을 당했을지라도 죽는 고통보다는 낫다고 생각을 고쳐 먹으면 마음이 좀 가라앉을 것이다. 또 그럴 때 고난은 하늘이 내린 시련이며 은총이라고 순순히 받아들이고 오히려 감사하는 마음을 가져보면 어떨까?

33_ 눈앞의 욕심에 사로잡혀 있을 때

어느 날 중국 당나라의 휘종 황제가 양자강 기슭에 있는 금산사에 행차한 일이 있다. 황제는 누각에 올라 양자강 위에 떠다니는 수많은 배들을 내려다보며 그곳 주지스님에게 물었다.

"저 많은 배의 수는 어느 정도 되는가?"

스님은 즉시 "두 척입니다." 하고 대답했다. 황제가 그 의미를 묻자, "하나는 명예를 위한 배요, 또 하나는 이익을 좇는 배입니다." 하고 말했다. 저렇게 수많은 배들이 오가고 있지만 결국은 모두 명예나 이익을 위해 바삐 움직이고 있다는 뜻이었다. 요컨대 오늘날 도시의 번화가에 넘쳐나는 사람들이나 도로를 꽉 메우고 있는 자동차의 행렬을 보고 있으면 양자강을 분주히 오가는 배들을 연상하게 된다.

부처님께서 말씀하시기를, "재물과 색(色)을 탐하는 자는 마치 어린아이가 칼이 욕심나서 칼날에 발린 꿀을 핥다가 그 달콤한 맛에 취해 혓바닥이 잘릴 위험이 있음과 같다."고 했다.

이 글은 오직 이익이나 여색을 찾아 정신을 팔고 있으면, 그것은 어린애가 칼날에 묻은 달콤한 꿀을 핥는 사이 자신도 모르게 그 칼날에 혓바닥이 잘리고 마는 것과 같이 자신의 분수를 모르고 지나치게 구하다 보면 자신을 망치고 만다는 것을 경고하는 말이다.

옛날 한 노파가 술이 가득 든 병을 짊어진 채 길을 걷고 있었다. 길가의 달콤한 열매를 따먹고 입맛을 다시면서 걷던 노파는 얼마 후 목이 몹시 말라 오는 걸 느꼈다. 그래서 근처의 집을 찾아 들어가 우물가에서 한 잔의 물을 얻어 마셨다. 그 물은 지금까지 먹은 과실의 단 맛이 아직 입 안에 남아 있어서인지 꿀처럼 감칠맛이 돌았다. 노파는 감격하여 "아, 정말 맛있군! 부인, 내가 짊어지고 있는 병의 술과 이 물을 바꿔 줄 수 있겠소?" 하고 물었다. 부인은 이 유별난 노파의 말을 듣고, "그야 어렵지 않지요." 하며 물을 퍼주었다.

노파는 물을 가득 채운 병을 짊어지고 집에 돌아오자마자 달콤한 맛이 났던 물을 마셔 보았다. 그러나 그 물은 달기는 커녕 아무 맛도 없는 그저 맹물일 뿐이었다. 노파는 자신의 혀가 어떻게 된 것이 틀림없다고 생각하며 몇 번이나 마셔 보았지만 역시 다름없는 맹물이었다. 친척들과 아는 사람들을 불러와 마셔 보게 했지만 누구 하나 맛있다는 사람은 없고, "할머니, 이렇게 불결한 물을 마시면 몸에 해로워요. 대체 어디서 이런 물을 가져오셨어요?" 하며 비웃을 뿐이었다. 노파는 그제서야 비로소 달콤한 과실을 먹은 직후에 물을 마셨기 때문에 그 단 맛이 물에 섞여 달콤한 맛이 났음을 깨닫고, 그것을 착각해 공짜로 술을 줘 버린 것을 후회했다는 것이다.

이와 같이 세상에는 한때의 욕심이나 착각에 빠진 나머지 큰 손해를 보는 사람이 많다.

석가가 많은 사람을 모아 놓고 설법한 내용인데, 쿠사나가라의 하크로우라는 동네에 쇼카밧타라는 젊은이가 있었다. 그의 집은 대대로 내려오는 부자 집안이었는데, 자신의 대에 와서 몰락해 버리고 말았다. 그러자 누구 하나 상대해 주지 않고 멸시할 뿐이었다. 그래서 그는 이 불쾌한 고향을 떠나 다른 곳으로 가서 열심히 살리라 결심하고 집을 나왔는데, 어느 정도 시간이 흘러 큰 돈을 모아 고향에 금의환향하게 되었다.

이 소문을 들은 친척들과 동네 사람들은 마을 앞에서 그를 반갑게 마중하기 위해 이제나 저제나 기다리고 있었다. 그러나 쇼카밧타는 이미 그것을 눈치채고 일부러 초라한 옷차림으로 행렬 맨 앞에 서서 돌아왔다. 친척들은 그런 줄도 모르고 그에게 "여보시오, 성공해서 돌아오는 쇼카밧타 씨는 어디 계십니까?" 하고 물었다. 그는 "뒤에 오고 있습니다."라고 대답하고는 지나가 버렸다.

친척들은 아무리 기다려도 그럴 듯한 차림을 한 사람이 보이지 않자 또 다른 사람에게 "쇼카밧타 씨는 어디 계십니까?" 하고 물었다. "예, 그 어른은 행렬의 맨 앞에 계십니다." 친척들은 다시 앞으로 달려가 그를 찾아내고는 "당신은 왜 우리들이 일부러 마중나왔는데도 뒤에 온다고 말씀하셨소?" 하고 따져 물었다. 그는 냉엄하게 "당신들이 만나고 싶어하는 쇼카밧타는 뒤에 오고 있는 낙타 위에 있습니다. 왜냐하면 내가 가난했을 때는 거들떠보지도 않던 당신들이 지금 갑자기 반갑게 마중해 주는 것은 나를 위해서가 아니라 내가 모은 재물 때문이 아니겠소? 그 재물은 뒤에 오는 낙타의 등에 실려 있습니다."라고 대답했다고 한다.

34_ 무능하다고 비난받을 때

"아무리 해도 자네는 능력이 없어. 이런 변변한 일 하나 해내지 못하면서 어떻게 이 회사에서 근무하나?" 하고 상사로부터 질책을 받고 혼자 괴로워하는 사람이 있을 것이다.

그러나 설령 일을 못한다고 비난받더라도 그것에 지나치게 신경쓰지 않는 것이 좋다. 정말로 자신이 일을 못한다면 그 원인을 찾아내어 빨리 고치는 것이 낫겠지만, 그렇게 생각되지 않는다면 그런 조소쯤 무시해 버리는 게 좋다. 정색을 하고 변명했다가는 오히려 자신의 어리석음을 인정하는 꼴이 되기 십상이다.

옛날 석가의 제자 중에 쥬라 판다가라는 바보가 있었다.

그는 머리가 둔해서 조정 사람들로부터 '바보 같은 놈'이라고 조소를 받았는데 천성은 더없이 성실했다. 석가는 그를 불쌍히 여기고 가까이 불러들여 "입을 무겁게 갖고, 마음을 닦으며, 몸으로 비행을 저지르지 않고, 모나지 않게 생각한다면, 틀림없이 깨달음을 얻으리라."는 구절을 암송하도록 일렀다.

쥬라 판다가가 그 구절을 겨우 욀 수 있게 되자 석가는 다시 말했다. "너도 나이를 먹었으니 이제 한 구절쯤은 익히는 것이 좋다. 그 의미를 말하자면, 몸에는 세 가지 악이 붙기 쉽다. 살생, 도적질, 음탕한 짓이 그것이다. 또 입에는 네 가지 악이 붙기 쉽다. 거짓말, 일구이언, 욕, 속임수가 그것이다. 그리고 마음에도 세 가지 악이 붙기 쉽다. 탐욕과 노여움, 약삭빠름이 그것이다. 이것들을 합해서 열 가지 업이라 하는데 이들로부터 멀리하면 반드시 깨달음을 얻을 것이다."

쥬라 판다가는 곧 그대로 실행했다. 그래서 의혹이나 망상이 사라지고 드디어 성자의 자리에까지 이를 수 있었다고 한다.

이 이야기에는 후일담이 있다. 어느 날 쥬라 판다가가 5백 명의 여성들 앞에서 설교를 하게 되었다. 그런데 그 중에는 "그 바보 같은 놈 판다가에게 무엇을 배운단 말인가. 그가 오면 한번 골탕을 먹여 줘야지." 하고 벼르면서 기다린 사람들이 있었다. 마침내 쥬라 판다가가 여성들 앞에서 "저는 여러분들이 잘 아시다시피 머리가 나빠서 배운 것이라곤 단 한 구절밖에 없습니다. 그리고 그 말씀대로 실행하고 있을 뿐입니다." 하고 인사를 했다. 그를 함정에 빠뜨리려고 벼르고 있던 여성들이 그의 말을 가로막고 방해하려고 입을 여는 순간, 그들의 입이 굳어 아무 말도 하지 못하게 되었다는 것이다.

또 어느 날 석가가 국왕의 공양을 받기 위해 쥬라 판다가를 데리고 성 안으로 들어가려고 하는데, 문지기가 그를 제지하며 "너 같은 바보를 들여보내면 성 안이 불결해질 테니 너는 여기 남아 있어라." 하고 말하면서 들어가는 것을 허락하지 않았다. 그래서 판다가는 하는 수 없이 성문 밖에서 스승인 석가를 기다리고 있었다.

석가가 궁전에서 왕의 공양을 받을 때가 되자 어디선가 긴 팔꿈치가 쑥 나와 철발을 건네주었다. "이게 대체 어찌된 일이오?" 하고 왕이 묻자 석가는 이렇게 대답했다. "실은 제 제자 쥬라 판다가의 팔입니다. 오늘 그에게 철발을 들려 데리고 왔는데 문지기가 그를 들여보내 주지 않아 성문 밖에서 기다리고 있습니다. 그의 깨달음의 힘은 이렇게 굉장한 것입니다."

그러자 왕은 "그는 바보 같다는 평판을 듣고 있는 사람 아니오? 아는 것이라곤 단 한 구절뿐이라는데 그런 그가 어떻게 깨달음을 얻었다는 거요?" 하고 의아해하며 물었다.

이에 석가가 대답했다. "왕이시여, 지식은 반드시 많아야 되는 것이 아닙니다. 오히려 그것을 실행하는 것이 더욱 중요합니다. 그는 오직 한 구절밖에 모르지만 그 의미를 알고 그 참뜻을 체득함으로써 몸도 입도 마음도 맑아졌기 때문에 깨달음을 얻은 것입니다."

"설사 천 개의 구절을 암송한다 해도 그 구절의 뜻이 옳고 바르지 않으면, 한 구절의 요점을 듣고 악을 소멸함만 같지 못하도다. 설사 천 마디 말을 암송한다 해도 정의를 얻지 못하면, 하나의 뜻을 잘 행하여 깨달음을 얻음만 같지 못하니라. 많은 불경을 득송하기는 해도 이해하지 못하면 무슨 이익이 있으랴." 이 말에는 깊은 의미가 있다.

마음 속에 새겨두고 싶은 한마디

내가 헛되이 보낸 오늘 하루는
어제 죽어간 이가 그토록 바라던 하루이다.

— 소포클레스

35_ 하잘것없는 일에 구애받을 때

한 나그네가 큰 강가에 다다라 건너편으로 건너가려고 했지만 다리가 없어 난처해하고 있었다. 그때 다행히 물가에 큰 통나무가 있는 것을 발견하고, 그것으로 뗏목을 만들어 타고 무사히 건너편으로 건너갈 수가 있었다.

그런데 나그네는 다 건넌 뒤에도 여전히 뗏목을 붙잡고 있었다. 길 가는 사람들이 "자네는 왜 그것을 붙들고 있는가? 볼일이 끝났으면 그것을 물가에 두고 가면 되는 거지." 하고 충고해 주었다. 멍청히 있던 나그네는 그제서야 문득 그것을 깨닫고 "참 그렇군." 하며 뗏목을 놓고 갈 길을 갔다는 것이다.

이와 마찬가지로 세상의 여러 규칙이나 계율은 현실 세계에서 깨달음의 세계로 애써 가기 위한 수단으로써 필요한데, 그것에 언제까지나 얽매여 있다가는 나무가 많아 숲을 보지 못하듯이 참 목적을 잃어 버리고 만다. 돈을 버는 것도 행복해지기 위한 수단으로써의 필요 조건이지 절대 조건은 아니다. 이 사실을 잊고 미이라 채취장이 어느새 미이라가 되고 말듯이, 자기 생활을 희생해 가면서까지 돈벌이에만 집착하여 그 자체를 목적으로 삼으면 오히려 불행에 빠지고 만다.

명치시대 초기에 원탄산이라는 훌륭한 스님이 있었다. 그는 수행 시절 자주 친구들과 함께 여러 나라를 순회했는데, 어느 해 여름 친구와 둘이서 동해도를 여행하고 있을 때였다. 몸종을 거느린 아름다운 처녀가 때마침 소나기로 인해 물이 불어난 냇가를 건너지 못해 안타까워하고 있었다. 그것을 본 원탄산은 그 처녀에게 성큼성큼 다가가서 "아가씨, 사람을 돕는 것이 출가자의 일입니다. 내가 건네줄 테니 이 가슴에 안기시오." 하며 부끄러워하는 처녀를 꼭 껴안고 내를 건너갔다.

그 모습을 보고 있던 친구는 마음 속으로 몹시 불쾌했다. 그래서 "사음계라고 하여 출가자는 여자의 머리털 하나에도 손을 대서는 안 되는 몸이거늘 하필이면 가슴에 껴안다니 괘씸하다." 하고 화를 내며 총총걸음으로 먼저 가 버렸다. 삼십 리쯤 갔을 때 겨우 원탄산이 그 친구를 따라잡고 "나를 두고 가다니, 괘씸하지 않나?" 하고 말하자, "귀공이야말로 참으로 괘씸하네. 수행자의 몸인 것도 잊어 버리고 젊은 여자를 껴안다니 무슨 짓인가?" 하고 항변했다. 그러자 원탄산은 "아니, 정말 놀랍군. 나는 그 처녀를 벌써 잊어 버렸는데 귀공은 아직도 기억하고 있나? 하하하, 귀공이야말로 뜻밖에도 호색가로군." 하며 어깨를 두드렸다. 그 친구는 달리 대답할 말도 없고 몹시 부끄러웠다.

불교에서는 이렇듯 아무 것에도 사로잡히지 않은 자유무애의 경지를 삼매라고 하는데, 그 길의 달인이 되어 자신이 진실로 해야 할 일에 대한 마음의 방향이 정해지면 정해진 힘에 의해 다른 일은 모두 잊어 버리고 그 일에만 깊이 몰두할 수 있게 된다고 한다.

일류 조각가도 심혈을 기울여 작품 제작에 몰두하고 있을 때 자기 자신과 조각 그 자체가 일체화되어 자신이 작품을 만들고 있는 것인지 작품에 의해서 자기가 만들어지고 있는지 모르는 무아지경의 경지에 빠져든다. 그래서 그것으로 명성을 떨치겠다든지 좋은 작품을 만들어서 비싸게 팔아 돈을 벌겠다든지 하는 불순한 생각은 일체 없어지는 것이다.

우리도 자기가 정말 좋아하는 일에 몰두하고 있으면 다른 일에 방해받지 않고 시간과 공간을 잊어 버리다가 문득 거기서 깨어났을 때 비로소 자신의 존재를 느끼는 체험을 하는 경우가 있다. 이렇게 일을 놀이처럼 즐기면서 할 수 있는 유희삼매의 경지에 들어간다면 그것은 좋은 일이다.

마음 속에 새겨두고 싶은 한마디

사람들은 자기가 행복해지기를 원하는 것보다
남에게 행복하게 보이려고 더 애를 쓴다.
남에게 행복하게 보이려고 애쓰지만 않는다면,
스스로 만족하기란 그리 힘든 일이 아니다.
남에게 행복하게 보이려는 허영심 때문에
자기 앞에 있는 진짜 행복을 놓치는 수가 많다.

– 라로슈푸코

36_ 남에게 비난을 받을 때

어느 누구나 남의 칭찬을 받고 싶어하지만 마음과는 달리 뒤에서 "저 녀석은 아주 싫은 녀석이야" 하고 비난받는 사람도 있을 것이다. 그런 소리를 들으면 기분이 상하고 일이 손에 잡히지 않으며 신경질이 나서 의기소침해지고 만다.

남의 비난을 받는 것은 세상에 흔히 있는 일이다. 오직 비난만 받는 입장이거나 오로지 칭찬만 받는 입장인 사람은 과거에도 없었고, 미래에도 없을 것이며, 현재에도 없다. 침묵하는 사람도 비난을 받고, 말을 많이 하는 사람도 비난을 받으며, 말을 조금밖에 하지 않는 사람도 비난을 받는다. 세상에 비난받지 않는 사람은 없다.

아무리 위대하고 훌륭한 사람이라도 인간인 한 결점이 없을 수는 없으며, 설령 결점이 없는 사람이 있다 해도 그것이 오히려 남의 비위에 거슬리는 경우도 있다.

남의 성공을 시기하고 반감을 갖는 사람이 적지 않지만, 그런 오해를 두려워하고 있다가는 아무 일도 할 수 없을 뿐만 아니라 쓸모없는 인간이 되고 말 것이다. 바람을 가르면서 빨리 앞으로 나아갈 때 바람의 저항이 강하듯이, 자신이 남보다 한발 더 앞서 나갈 때 이에 대한 저항이 있는 것은 당연한 일이라고 생각해야 한다.

옛날 석가의 좋은 평판을 시기한 나머지 스승의 면전에서 욕설을 퍼부으며 저주하는 제자가 있었다. 그러나 그가 아무리 추태를 보여도 석가는 침묵을 지키며 평온할 뿐이었다. 그러던 어느 날 그가 지칠 즈음에야 석가는 "벗이여, 혹시 남이 선물을 내밀었을 때 그것을 받지 않았다면 그 선물은 누구 것이 되겠는가?" 하고 물었다. 그 제자는 무뚝뚝하게 "그야 선물을 내민 사람의 것이겠지요." 하고 대답했다.

석가가 "그렇다. 그리고 그대는 나에게 욕을 했다. 그 선물을 내가 받지 않았으니 그게 누구 것이겠느냐?"고 다시 묻자, 그는 대답을 하지 못한 채 입을 다물고 말았다. 그리고 자신의 잘못을 깨닫고 석가에게 지금까지 저지른 예의에 어긋난 행동에 대해 용서를 빌며 다시는 남을 비방하지 않겠다고 맹세했다.

석가는 제자들에게 이 같은 체험을 들려주며 "사람은 남에게 비난을 받으면 즉시 반박하거나 복수하려고 하지만, 그것은 누워서 침을 뱉는 것이나 다름없는 행동이다. 그것은 남에게 상처를 주고 더럽히는 것이 아니라 오히려 자기 자신을 손상시키고 더럽히는 것이다." 하고 엄중하게 경고했다.

자신에 대한 남의 비난이나 비방이 정곡을 찌르는 정확한 것일 때는 겸허하게 귀를 기울이고 자신의 잘못을 빨리 시정하는 것이 좋다. 그러나 그렇지 않을 때는 차라리 "한아름 정도의 바위조차도 바람에 전혀 흔들리지 않는다. 분별있는 사람은 남의 칭찬이나 비방 때문에 마음이 흔들리는 법이 없다."는 말을 생각하며 태연자약해야 한다.

보통 사람은 칭찬을 받으면 기뻐하고 비난받으면 화를 내는데, 비난을 받는다는 것은 상대가 자기에게 관심이 있기 때문이라고 고맙게 받아들여 오히려 감사해야 할 것이다. "어리석은 사람에게 칭찬받는 것은 가장 부끄러운 일이다."라는 말이 있는데, 겉치레로 칭찬받았을 때야말로 오히려 가장 경계하지 않으면 안 된다. 그런 칭찬을 받고 정신없이 기뻐하고 있다가는 오히려 약점을 보여 더 할 말이 없어져 버리기 때문이다.

남에게 칭찬을 받건 비난을 받건 그런 온갖 평판에 구애됨이 없이 자기가 해야 할 일을 묵묵히 성취해 가는 사람이야말로 우리가 진정으로 바라는 이상적 인간이 아닐까?

마음 속에 새겨두고 싶은 한마디

남에게 모욕을 당해도 그 모욕을 참고,
조금도 보복을 꾀하지 않는 사람은
이 세상에서 가장 위대한 승리를 얻는 사람이다.

– 자네이오란

자기를 알고 싶거든 남과 남의 하는 일에 주의하라.
남을 알고 싶거든 자기의 마음 속을 들여다보라.

– 시루렐

37_ 고독감에 시달릴 때

자기 곁에 누구 하나 말 상대할 사람도 없이 혼자 쓸쓸히 지
낸다는 것은 참기 어려운 일이다. 아무리 세상을 싫어하고 고독
을 사랑하는 사람이라도 가끔 2, 3일 정도는 좋을지 모르지만,
열흘이나 한 달쯤 혼자서 지내게 되면 틀림없이 고독을 달랠 길
이 없어 미칠 지경이 되고 말 것이다.

나 역시 1954년 말에 혼자 미국으로 건너가 하와이를 시발점
으로 메사추세츠 주 캠브리지를 거쳐 콜로라도 주 볼다에서 살
면서 모두 11년여에 걸쳐 외국 생활을 하는 동안 지겹도록 고
독감에 시달렸다. 요즘처럼 왕복 비행기표를 주머니에 넣고 제
트 여객기로 재빨리 왔다갔다 하는 해외 여행자와 달리, 편도
비행기표에 약간의 돈만을 지급받아 최소한 5년 동안은 그곳
에 머물러야 한다는 스폰서와의 계약에 따라 고향을 떠나 미국

으로 갔다. 그곳에 도착한 뒤에는 돌아오고 싶어도 돌아올 수 없었으므로 처음 얼마 동안은 고향을 떠난 쓰라림 때문에 향수병에 걸려 일도 공부도 손에 잡히지 않았고, 때로는 몇 날 밤을 지새기도 했다. 이런 운명을 나 스스로 선택하기는 했지만 왜 나 혼자서 이렇게 괴로워해야 하나 싶어 한때는 남을 원망하며 나 자신을 저주한 적도 있었다.

옛날 한 탐험가는 혼자서 먼 여행을 떠났다가 너무 고독한 나머지 "하늘을 우러러 호소해도 응답이 없고 땅에 엎드려 호소해도 소리가 없다."라고 그때의 심경을 말하고 있는데, 나도 나 자신의 고독을 이국 하늘 아래서 누구에게 호소해야 좋을지 알 수 없었다.

친구나 일에서 위안을 얻어 평온을 찾을 수 있는 사람은 행복한 사람이라고 생각한다. 노래나 눈물이나 술로 치유받는 사람도 역시 행복한 사람이다. 그러나 그런 것으로도 전혀 만족할 수 없었던 나 자신은 정말 고통스러웠다. 한창 그런 심경에 시달리고 있을 때 내 마음 속에 불현듯 떠오른 것이 "인간은 태어날 때도 죽을 때도, 올 때도 떠날 때도 언제나 혼자일 뿐이다."는 말이었다. 이 한 마디로 인해 나는 꿈에서 깨어났다. 어디에 있든 혼자인 것에는 변함이 없고 고향에 돌아간다 해도 이 사실은 달라질 것 같지 않았던 것이다.

'고향은 멀리 있으며 생각하는 것'이라고 하듯이, 누구나 자기가 태어나 자란 곳을 떠나 있으면 고향에 대한 그리움에 사로잡히기 마련이다. 그러나 귀향이 실현되었다고 해서 고향에 돌아가 평생 행복하게 지낼 수 있다는 보장은 아무 데도 없다. 오히려 "지금 내가 서 있는 곳이 고향이다."라는 생각으로, 어디서나 아무리 고독할지라도 그 고독감을 남이나 환경 탓으로 돌리지 않는 것이 중요하다. 그래서 차분하게 생각하며 심기일전하여 자신을 혼자 있으면서도 혼자가 아닌 경지로 끌어올리는 것이 중요하지 않을까? 그러면 어느새 마음의 불안이 사라져 마음놓고 자기 일에 몰두할 수 있게 된다. 자포자기하지 않고 '까짓것' 하는 용기와 자신감도 거기서 솟아오른다. 머나먼 고향으로 향하는 마음을 고향이 아닌 자기 마음 속에서 찾아보면 거기서 용기를 얻게 될 것이다.

인간인 이상 우리는 자신의 이기주의를 전면에 내세울 때 고독의 그림자를 피할 수 없다. 그러나 참으로 고독에 사무치면 고독하면서도 고독하지 않은 경지가 열리는 듯한 기분이 든다.

38_ 융통성이 없다고 느낄 때

"사물을 보는 데 있어서 장기적인 안목으로 보는 조감도도 필요하지만, 지상을 벌레처럼 기어다니면서 살고 있는 인간을 파악하기 위해서는 말하자면 투시도라 할 수 있는 것도 필요하다."는 글을 읽은 적이 있다. 하나는 위에서 전체의 모습을 내려다보면서 세부를 사사오입하는 방식이고, 다른 하나는 사물의 세부를 현미경으로 확대해서 들여다보듯이 투시하는 방식이다. 이 두 가지 눈을 갖지 않으면 전자에서는 대강 훑어 보아 개개의 특성을 간과하게 되고, 후자에서는 '나무만 보고 숲을 못본다.' 는 말처럼 전체의 모습을 못 보게 된다. 어느 쪽으로 기울든 한쪽으로 치우쳐서는 안되며 또 그것들에만 한눈을 팔고 있다가는 자기 자신을 잃게 되고 만다.

전체 속에서 개체를 보고 개체 속에서 전체를 보는, 즉 상대를 조감도나 투시도적으로 볼 뿐 아니라 상대를 통해서 자기를 직시하고 자기를 통해서 상대를 직시하는 경지에 다다라야 한다. 융통성이나 재치가 통하지 않는 사람은 자기 주장만 내세우고 순수하게 상대를 이해하지 못해 늘 상대와 충돌하는 수밖에 없을 것이다.

비행기 조종사를 양성하는 교관에 의하면 우수한 조종사가 되기 위해서는 사물에 대한 집중 분석과 분산 총합, 이 두 가지 판단 능력을 다 갖추지 않으면 안 된다고 한다. 비행기는 아무 것도 받쳐주는 것이 없이 실체가 아닌 공중을 날지만, 그 고도나 방향, 기온, 기압 그리고 그 밖의 여러 가지 변화하는 상황이 계기라는 형태의 데이터에 의해서 시시각각으로 표현된다. 그때 기록판은 항상 상황과 일치하지 않으면 안 되는데, 그렇다고 해서 실체가 없는 기록판과 똑같을 수는 없다. 만일 5백 미터의 산을 향해서 가는 비행기의 상황이 실제로는 고도 1백 미터인데 고도계가 1천 미터를 가리키고 있다면, 계기판만을 의지하고 있는 조종사는 어떻게 할 것인가? 조종사는 상황과 기록판을 동시에 파악하고 상황에 맞추어 침착하면서도 기민한 판단력으로 대처할 수 있어야 한다.

이런 일은 우리의 일상 생활에도 적용된다. 주위 상황이 끊임 없이 변화하고 있는데, 이에 대한 판단력이 이미 오래 전의 것으로 굳어 있어서 융통성이나 재치가 부족한 사람은 그 상황으로부터 혼자만 고립되어 안절부절 못하게 될 것이다.

마음 속에 새겨두고 싶은 한마디

절망은 우리들의 전진을 가로막는다.

절망은 우리들의 희망을 좀먹는다.

절망은 우리들의 강한 의지를 꺾어 눕힌다.

절망은 우리들의 연약한 힘을 견디기 어렵게 만든다.

이런 까닭에,

절망은 인간에게 있어 죽음보다 더 무서운 현상인 것이다.

— 보브나르그

39_ 겉모양만 내려 할 때

  우리 일상 생활에서의 행동거지에는 속임수가 통하지 않는다. 아무리 훌륭한 사람이나 말을 잘 하는 사람이라도 예외일 수는 없다. 그 동작이 침착하지 못하거나 완만해 뭔가 부족한 인상으로 보이는 것은 언행이 일치하지 못하기 때문일 것이다. 어느 뛰어난 문학가는 항상 딸에게 "여자는 언제 어디서나 아름답게 행동해야 한다."고 엄하게 예의범절을 가르쳤다지만, 이것은 남자의 경우도 마찬가지라고 생각한다. 언제 어디서나 누구에게든 자연의 리듬과 템포에 맞는 동작을 취할 수 있어야 하고, 그러기 위해서는 먼저 자세를 바르게 하고 걷고 앉고 호흡하는 것부터 연습해 보는 게 어떨까?

  독일의 철학자 나돌프는 "걸음걸이와 호흡법을 가르치지 않는 교육은 참교육이 아니다."라고 말하고 있는데, 이런 일상의 행동에서 단정한 동작을 취하는 것이 예의범절의 주축이 되지 않는다면 입에발린 이중인격적 행동은 아무리 해도 사라지지 않을 것이다.

행동거지가 아름다운 사람은 일을 시켜도 잘 한다고 한다. 거기에는 추호의 속임수도 섞여 있지 않고 자기 실력을 십분 발휘할 수 있기 때문이다. 반대로 겉치장으로 모양을 낸 사람은 아니꼽고 동작이 부자연스러워 언젠가는 그 정체가 드러나고 말 것이다. 마치 과일 가게에 진열되어 있는 사과나 귤처럼, 그것이 맛이 있는지 없는지는 실제로 먹어보지 않으면 알 수 없는 것이다.

마음 속에 새겨두고 싶은 한마디

근면은 행운의 어머니다.
반대로,
게으름은 인간을 그가 가장 바라는 어떤 목표에로
결코 데려다주지 않는다.

– M. D. 세르반테스

40_ 말만 앞설 때

얕은 냇물은 소리를 내며 흐르고, 물이 가득 찬 깊은 강은 스스로 조용하다. 야외로 나가 작은 시냇물을 바라보면 끊임없이 졸졸 소리를 내며 흐르는데, 큰 강의 물은 소리도 내지 않고 조용히 흐르고 있다. 또 졸졸 소리를 내는 작은 시내에는 작은 고기밖에 살지 않지만, 소리도 내지 않고 유유히 흐르는 큰 강의 깊은 곳에는 큰 고기가 살고 있다. 작은 시내에 살고 있는 작은 고기는 조금만 소리가 나도 당황해 허둥거리지만, 깊은 곳의 큰 고기는 작은 소리에는 꿈쩍도 하지 않고 유유히 헤엄치고 있는 것이다.

그리고 일단 물의 양이 증가하여 격류가 되면 작은 시내의 피라미는 물을 따라 흘러가 버리지만, 큰 고기는 은빛 비늘을 번쩍이며 목숨을 보존해 간다고 한다. 팽이도 빨리 돌리면 꿈쩍 않고 안정하여 마치 정지하고 있는 듯하지만, 채찍질을 그치기 시작하면 흔들흔들 중심을 못 잡다가 결국 쓰러지고 만다.

"빈 수레가 요란하다."는 속담도 있지만 사람의 경우도 마찬가지로, 정말 열심히 움직이고 있는 사람은 움직이는 것과 움직이지 않는 것이 한 동작처럼 아주 조용한데, 움직이지 않는 사람일수록 마치 움직이고 있는 것처럼 떠들썩한 경우가 많다.

「법구경」에 "깊은 심연이 청명하고 조용한 것처럼 양식있는 사람은 도(道)를 듣고 그 마음이 편안하다."고 했듯이, 지혜 있는 사람은 작은 일에 동요하지 않고 직면한 문제를 객관적으로 판단하여 난관을 극복하지만, 어리석은 사람은 눈앞의 일에만 사로잡혀 당황하고 허둥대다가 전체적인 국면을 보지 못해 잘못 판단하기 쉽다.

우리 주위에는 같은 분량의 일을 해도 인내심있게 끝까지 버티면서 일을 완수해내는 사람이 있는가 하면, 성질이 급해 무책임하게 도중에서 포기해 버리는 사람도 적지 않다. 일을 다 끝마치고 안도의 숨을 내쉬는 사람이 있는가 하면, 같은 일이라도 그 무게를 견디지 못해 불평 불만만 늘어놓는 사람도 있다.

참으로 사람은 천차만별이다. 이렇게 생각하면 아무래도 우리에게는 일을 감당할 수 있는 그릇이 정해져 있는 것 같다. 사람에 따라 그릇의 크기가 달라서, 큰 일을 맡아도 그 이상을 담을 수 있는 큰 그릇을 지닌 사람에게는 어떤 일이 맡겨지든 상관없지만, 그것을 담을 수 없는 작은 그릇의 사람에게는 일의 분량이 너무 많아 자연히 그릇에서 넘쳐 흘러 버린다. 결국 큰일은 그릇이 작고 너그럽지 못한 사람에게 맡겨서는 안 되고, 만일 맡겨졌다면 무엇보다도 맡긴 사람 쪽이 잘못인 것이다.

인간의 가치는 겉모습이나 나이로 가늠하는 것이 아니라 그 받아들여지는 도량에 의해서 판단된다. 큰 인물인지 작은 인물인지는 그 사람이 가지고 있는 그릇의 크기로 알 수 있다.

큰 그릇의 인물은 받아들이는 그릇이 크고 깊기 때문에 웬만한 말썽이나 불만쯤은 모두 자기 마음 속으로 받아들이며 하찮은 일에 구애받지 않는다. 해야 할 일을 할 뿐, 할 만한 가치가 없는 일에는 사로잡히지 않는다. 말해야 할 때는 말하고 침묵해야 할 때는 침묵한다. 시기를 보아 나가야 할 때는 나가고 들어와야 할 때는 그 기회를 잘 알고 있다. 이런 인물은 언젠가는 성공해서 지도자가 될 수 있는 재능이 자연히 갖춰져 있다.

그릇이 중간쯤 되는 사람은 보통 때는 그릇이 큰 사람처럼 대범한 태도를 보이지만, 비상시에는 동요하여 갈팡질팡한다. 때로는 그 그릇에서 불평 불만이 넘쳐 흐르고 투덜대기도 한다.

그릇이 작은 사람은 세상을 보는 눈이 없어 자기중심적이고, 제 마음에 들지 않으면 푸념을 하며 남에게 화풀이를 한다. 남의 말에 귀 기울이지 않으며 그것을 들어 주고 인정할 만한 도량이 없다. 이런 사람은 자기 자신을 조절하지 못할 뿐만 아니라 남에게 지도받고 보호받아도 말을 듣지 않아 속수무책이다.

세상에는 이렇듯 큰 그릇, 중간 그릇, 작은 그릇의 사람이 섞여 있어 언뜻 보아서는 구분하기 어렵지만, 일단 무슨 일이 일어나면 그 사람의 태도나 행동 등을 보고 어느 부류의 사람인지 알 수 있다. 우리는 모름지기 큰 그릇을 지닌 사람이 되기 위해 노력해야 한다.

움직이지 않기를 산과 같이 하고 침략하기를 불과 같이 하며 그 고요하기를 숲과 같이 하고 그 재빠르기를 바람같이 하라.

사물의 참모습을 잘 가려내 그 방향에 따라서 민첩하게 움직이고, 그에 맞서는 자신은 태연자약하게 어디서나 주인이 되며, 모든 것을 포용할 수 있는 큰 그릇을 지닌 사람이 되어야 한다.

41_ 성급하고 화가 잘 날 때

　사회적인 인식이 많이 변한 탓에 남 앞에서 "억울하다, 얄밉다, 악이 오른다, 싫다, 귀찮다." 등 말하고 싶은 대로 말하면서도 태연한 사람이 많다. 더구나 남성뿐 아니라 여성의 입에서 그런 소리가 쉽게 튀어나오는 것은 어찌된 일인가? 여성이기 때문에 언제나 얌전하고 부드러워야 한다는 것은 아니지만, 남성으로서도 입에 담기를 꺼려하는 말이 아름다운 여성의 입에서 무심코 튀어나오는 것을 보면 왠지 거부감이 느껴진다.

　'성급은 손해'라는 말이 있듯이 화를 내며 남에게 화풀이하는 사람은 여러 가지 면에서 손해를 보고 있다고 생각한다. 우선 자기 자신을 불쾌하게 할 뿐만 아니라 남까지 불쾌하게 만들어 오히려 경원시당하기 쉽다. 특히 자기과시욕이 강하고 승부욕으로 히스테리가 있는 여성은 속수무책이다.

그런 여성들은 조금만 비위가 상하면 지금까지 기분이 좋다가도 갑자기 험악한 태도로 돌변하여 버럭 화를 내며 자신을 폭발시키기 때문에 어느 쪽이 그 여성의 참모습인지 판단하기 곤란하다. 보통 이쪽에서 성의껏 행동하면 상대방도 같은 반응을 보여 대개 상대의 마음을 파악할 수 있는데, 그런 히스테리증을 가진 사람은 언제 그 기분이 돌변할지 도무지 예측할 수가 없다. 이쪽에서 호의적으로 행동했는데도 상대의 심경 변화 여하에 따라 역정을 내거나 격노하기 때문에 당황하게 된다. 그런 사람과의 교제는 그 사람의 심기를 건드리지 않기 위해 항상 경계하며 요령을 터득해야 하기 때문에 매우 두렵고 조심스러운 일이다.

　　내가 아는 사람의 부인도 그런 여자인데, 한번 화가 나면 흥분하여 물불을 가리지 않고 아무 데서나 남편에게 소리를 지르고 물건을 닥치는 대로 내던지며 때로는 칼까지 휘두르는 경우도 있다. 보통 때는 상냥하고 친절하지만 상대방이 자신의 기분을 건드리면 지금까지의 태도가 돌변해서 터무니없는 짓을 저지르고 만다. 중재에 나서 달래고 설득하려 하면 도리어 화를 내 불에 기름을 붓는 결과가 되므로 방관하는 수밖에 없다.

옛날 한 사내가 스승을 찾아가 "저는 천성적으로 성격이 급하고 화를 잘 내서 걱정입니다." 하며 상담을 요청했다. 그러자 스승은 "그대는 재미있는 것을 갖고 태어났군. 지금도 그 급한 성질을 가지고 있는가? 그럼 어서 여기에 내놓아 보게. 고쳐서 다시 줄 테니." 하고 말했다. "지금은 없습니다. 하지만 걸핏하면 아무때나 급한 성질이 불쑥 나옵니다." "그렇다면 급한 성질을 천성적으로 갖고 태어난 게 아니로군. 어쩌다가 만만한 상대를 만나면 그것을 불쑥 내놓는 게 아닌가? 어떤 때라도 아집을 내놓지만 않으면 급한 성질이 어디 있겠나? 자네가 태어나면서부터 타고난 성질은 자네가 어려운 문제를 부모 탓으로 돌리려는 큰 불효자라는 점이야." 스승은 이렇게 훈계했다고 한다.

모든 화내는 버릇, 남을 미워하고 남의 미덕을 감춰 버리는 버릇이 있거나, 잘못된 잣대로 남을 판단하는 사람은 비인간적이라는 말이 있다. 나도 가끔 상대방의 말투가 비위에 거슬리고 이치에 닿지 않는다고 생각되면 화를 내는 경우가 있다. 그럴 때마다 상대가 사리를 분별하지 못하는 사람이라면 화를 내는 쪽이 지는 것이라고 나 자신에게 타이르기 위해 노력하고 있다.

42_ 극단으로 치닫기 쉬울 때

지금까지 운동을 하지 않던 사람이 갑자기 뛰어다니면 심장 마비를 일으키기 쉽고, 또 공복일 때 한꺼번에 많은 것을 먹으면 배탈이 나기 쉽듯이, 갑자기 극단적인 일을 하면 거부반응을 일으키게 된다. 이처럼 우리의 행동도 극단에서 극단으로 치닫는 것은 그다지 바람직스럽지 못한 일이다.

가야금 줄을 너무 느슨하게 하면 아름다운 소리가 나지 않는다. 또한 너무 팽팽하면 소리를 끊어 버린다. 이와 마찬가지로 수행을 하는 데도 태만하면 마음이 풀리고 너무 엄하면 긴장해서 마음이 팽팽해지듯이 항상 몸과 마음은 다같이 중용을 지켜야 한다.

중용을 지킨다는 것은 꽤 어려운 일이다. 식욕이나 성욕 또는 수면에 있어서도 그것을 너무 취하면 몸과 마음을 망치고, 그렇다고 해서 취하지 않으면 고갈되어 기아 상태에 빠져 버린다. 밥을 너무 배부르게 먹지 않기 위해 적당한 기회를 간파하는 요령은 이론으로서는 체득할 수 없는 체험의 세계에 속한다. 매일 매일의 우리 행동거지는 모두 이 중용을 구하는 행동의 연속이어야 한다.

프랑스의 사상가 파스칼도 「팡세」에서 이렇게 말하고 있다.

"인간의 위대함을 간파하지 못하고 동물적인 면만 보는 것은 위험한 일이다. 또 인간의 열등함을 보지 못하고 그 위대함만 보는 것도 위험한 일이다. 그런데 이 두 가지를 다 보지 못하는 것은 더 위험한 일이다. 따라서 양쪽을 다 보는 것은 실로 유익한 일이다. 인간은 자신을 동물과 같다고 생각해서도 안 되고 천사와 같다고 생각해서도 안 된다. 동물도 아니고 천사도 아니라고 생각하는 것은 더욱 안 된다. 인간에게는 누구나 양면성이 있다는 것을 알아야 한다."

이 말은 인간이 천사와 동물 사이에 있는 중간적 존재라는 의미이다.

인간은 고도의 기계문명과 예술문화를 생산해 내는가 하면, 피비린내나는 전쟁을 일으켜 자신과 남 모두에게 상처를 입히는 존재이기도 하다. 이 이율배반적인 모순성을 내면 속에 지닌 채 수많은 시행착오를 통해 그 중간 지점을 일생 동안 탐구해 가지 않으면 안 되는 것이 인생인지도 모른다.

너무 나서서 행동해도 사람들이 싫어하지만 너무 소극적인 사람도 비난받는다. 또 너무 세상 물정을 훤히 알아도, 너무 몰라도 잘 살 수 없다. 어느 쪽으로 기울어도 좋지 않다는 것을 우리는 일상 생활에서 늘 경험하고 있다.

결혼 전의 연인들에게는 "연애는 사람을 장님으로 만든다."는 속담처럼 곰보자국도 보조개로 착각할 정도로 상대방의 모든 것이 좋게 보이지만, 막상 결혼하고 나면 이번에는 상대방의 결점이 너무 잘 보여 환멸을 느낀 나머지 지금까지의 지나치게 좋았던 감정도 무시하고 서로 헐뜯게 된다. 또는 서로 눈을 감고 무관심하게 체념해 버리기도 하고, 때로는 그것이 원인이 되어 결혼 생활이 파탄에 이르기도 한다.

프랑스의 시인 샌드 부부는 그런 사람들에게 "생활해 가는 데는 몇 가지의 착각이 필요하다. 생활의 참모습을 너무 알아 버리면 자연스러움이 결여되기 쉽다."고 말하고 있다. 인생은 한쪽 눈을 감고 보는 것이 좋을 듯하다.

우리의 인생은 마치 자동차의 핸들을 잡고 구불구불한 길을 운전해 가는 것과 같이 기분 내키는 대로 액셀러레이터를 너무 밟으면 차는 사납게 달리고, 또 소극적이어서 브레이크만 밟고 있으면 차는 멈추어 버린다. 핸들을 오른쪽으로 너무 꺾어도 안 되고 왼쪽으로 너무 꺾어도 차는 길에서 벗어나고 만다. 둘 다 자동차가 길 밖으로 튀어나가 버리기 때문이다. 균형있는 운전 방법은 역시 실제로 자신이 운전하며 직접 체험해 보지 않으면 모르는 것이다.

마음 속에 새겨두고 싶은 한마디

우리에게 무엇이 잘못되었을 때
그것은 갑자기 일어난 일이 아니고
이미 우리가 걸어온 과거 속에
씨앗이 뿌려졌던 것이다.

– 프루스트

43_ 용모에 자신이 없을 때

"나는 왜 얼굴이 못 생겼을까?" 하고 남 몰래 고민하며 낳아 준 부모를 원망하고 있는 사람은 혹시 없을까? 언젠가 입냄새가 난다고 동료로부터 비난받은 모델 아가씨가 그것을 비관해 열차 안 화장실에서 자살을 기도한 사건이 있었다. 특히 여성에게 있어서 용모나 신체상의 결함은 치명적이라고 생각하여 어떻게 해서든지 아름다워지기 위해 미용, 의상에 갖은 정성을 다들인다.

확실히 외모는 아름다운 편이 취직이나 결혼을 할 때 유리한 경우가 많지만, 그렇다고 해서 그 사람이 반드시 행복한지는 알 수 없다. 아름답거나 추한 외모는 타고난 것으로, 성형 수술이라도 하지 않는 한 변화시킬 수는 없다. 하지만 만약 변화시킬 수 있다 해도 반드시 아름다워진다는 보장은 없다. 오히려 그런 것에 구애받기보다는 내면의 모습에 관심을 기울이는 것이 더욱 중요하지 않을까?

한 젊은 여성은 열일곱 살 때 사고로 두 손을 잘리는 역경에 빠졌지만, 불교에 입문해 수행하며 붓을 입에 물고 그림을 그린 끝에 만년에는 훌륭한 작품을 남겼다. 미국의 유명한 헬렌 켈러 여사는 말하지 못하고 듣지 못하고 보지 못하는 삼중고에도 좌절하지 않고 특수 타이프라이터를 사용하여 문필을 휘두르며 그 생애를 불우한 사람들의 영혼을 구제하는 데 바쳤다. 이런 사람에 비하면 외모야 어떻건 신체 건강한 우리는 손발을 자유로이 움직일 수 있는 것만으로도 고마워하고 감사해야 한다.

중국 작가가 쓴 수필에 「안면문답(顏面問答)」이라는, 입과 코와 눈과 눈썹이 서로 문답하는 글이 있다. 입의 불평, 코의 불만, 눈의 불복은 항상 자신들이 눈썹 밑에 있다는 것이었는데, 어느 날 입, 코, 눈은 눈썹에게 "왜 너는 우리 위에서 잘난 척 그렇게 뽐내고 있느냐? 대체 네가 하는 역할이 무엇이냐?" 하고 따져 물었다.

눈썹이 대답하기를 "어쨌든 너희들은 중요한 역할을 맡고 있다. 음식을 먹고 숨을 쉬고 사물을 보는 너희들의 수고에 대해서는 늘 감사하고 있어. 그 점에 대해 나는 늘 부끄러운 입장이면서도 단지 여기 이렇게 앉아 있을 뿐 무엇 하나 유용한 일을 하지 못하고 있구나. 늘 미안하다고 생각하면서도 그저 열심히 내 자리를 지키고 있을 따름이야." 그리고 계속해서 "나는 지금까지 입, 코, 눈의 마음가짐으로 살아왔는데 그것은 잘못이었던 것 같아. 이제부터는 꼭 눈썹, 나 자신의 마음가짐으로 살아가고 싶어." 하고 말했다.

우리의 외모가 추한 것을 부끄러워하기보다는 내면이 추한 것을 부끄러워해야 한다. 미국의 대통령이었던 링컨은 "인간은 40세 이상이 되면 자기 얼굴에 책임을 질 줄 알아야 한다."라고 말했는데, 타고난 외모에 불만을 갖기보다는 내면의 아름다움을 추구해야 한다. 있는 그대로의 얼굴은 색안경이라도 끼지 않는 한 속임수가 통하지 않는다.

"언제나 눈동자는 맑게 하자. 흐려져 버려서는 안 돼."

이런 시 구절이 있는데, 항상 맑은 눈으로 세상을 내다볼 수 있는 사람에게는 외모 따위가 문제되지 않는다.

44_ 술과 담배를 끊지 못할 때

불교의 다섯 가지 계율 중에는 불음주계(不飮酒戒)라고 하여 술을 마셔서는 안 된다는 규율이 있다. 동남아시아의 불교도들은 지금까지도 이것을 엄격히 지키고 있고, 만일 이 계율을 어기면 부처님 앞에서 참회하며 두 번 다시 어기지 않을 것을 맹세한다. 하지만 열대지방에서는 너무 덥기 때문에 술을 마시는 사람이 적다. 소량으로도 빨리 취하는 데다 그 뒤끝이 나빠 상상을 초월할 정도로 고통스럽기 때문에 술은 생명을 단축시키는 죽음의 물이라 하여 사람들에게 외면당하고 있다.

술은 어느 정도 영양이 풍부하고 사고하는 데도 윤활유가 되며 기분 전환을 위한 흥분제로서도 좋은 점이 있기 때문에 무조건 나쁘다고 할 수만은 없다. 그러나 너무 지나칠 정도로 마시면, 처음에는 사람이 술을 마시지만 다음에는 술이 술을 마시고 끝내는 술이 사람을 마시게 되어 결국 심신의 이상을 초래하여 터무니없는 실수를 저지르기도 한다.

술을 어떻게 마시느냐에 따라서 살기도 하고 죽기도 하는데, 그렇다고 해서 술 그 자체에 죄가 있는 것은 아니다. 그것을 마시는 우리 쪽에 술의 공과 죄가 있는 것이다. 술을 마시는 편이 공부나 일을 하는 데 도움이 된다면 마셔도 좋고, 마시지 않는 쪽이 도움이 된다면 마시지 않는 것이 좋다. 술을 마시느냐 안 마시느냐 하는 것은 어디까지나 생활의 수단이지 목적은 아니기 때문에 그런 것에 구애받을 필요는 없다는 말이다.

술은 마치 칼과도 같은 것이다. 그 용도에 따라서 환자를 수술하는 메스가 되기도 하고, 강도가 가지고 들어와 사람을 죽이는 흉기가 되기도 한다. 메스든 흉기든 그 모양이며 날카로움이 단순한 칼에 불과하다. 만일 칼이 살인에 쓰일 수도 있다는 이유로 사용을 완전히 금지시켜 버린다면, 의사는 수술을 할 수 없어 병으로 죽는 환자가 속출할 것이다. 칼 그 자체에 죄가 있는 것이 아니라, 그것을 쓰는 우리들의 마음가짐 여하에 따라 공이 되기도 하고 죄가 되기도 하는 것이다. 이렇듯이 술이나 칼 그 자체에 죄가 있는 것이 아니라 각자가 공과 죄의 책임을

져야 하기 때문에 그것을 사용함에 있어서 어지간히 조심하지 않으면 안 된다.

과연 우리는 언제나 자신의 행위에 책임을 질 정도로 성실한 사람일까? 만일 책임질 자신이 없다면, 필요할 때 이외에는 가능한한 술이나 칼을 가까이 두지 않는 것이 좋다.

담배도 마찬가지로 요즘 흡연의 폐해가 강조되고 있고, 담배갑에는 '지나친 흡연은 건강에 해롭다.'는 경고문이 쓰여 있다. 국내에서만도 하루에 수억 개비의 담배가 소비되고 있는 실정이다. 아무리 생각해 보아도 담배는 우리에게 백해무익하기 때문에 피우지 않는 것보다 더 나은 방법은 없는데, "그런 줄 알고 있으면서도 끊을 수 없다."며 뻐끔뻐끔 연기를 내뿜고 있다.

아무리해도 끊을 수 없다면 그것은 자업자득으로, 그로 인해 자신의 생명이 단축된다 해도 어쩔 수 없는 일이다. 더욱이 흡연자가 담배를 피우지 않는 주위 사람에게 얼마나 폐를 끼치고 있는가 생각한다면 간단히 넘길 수는 없는 일이다.

최근들어 금연 운동이 확산되어 애연가의 담배 피울 권리가 점점 위협받고 있다. 담배를 싫어하는 사람들의 금연을 외치는 단결된 목소리는 그들의 당연한 권리이다.

45_ 좋은 아이디어가 떠오르지 않을 때

무슨 좋은 아이디어가 없을까 하고 전전긍긍하는 경우가 있는데, 새로운 아이디어는 그리 쉽게 떠오르는 게 아니다. 아무리 머리를 쥐어짜며 생각해도 없는 지혜가 나오는 법은 없다. 그럴 때는 오히려 그 생각에서 벗어나 차분히 머리를 쉬게 하는 것이 좋다. 어느 소설가는 "생각이 안 오를 때는 먼저 라면 한 그릇과 시합을 시작하라."고 말했는데, 머리가 굳었을 때 생리적인 욕구 불만을 해소함으로써 새로운 아이디어가 떠오르는 경우도 있다.

"눈을 감으면 언제나 보이고 눈을 뜨면 언제나 잃는다."는 말이 있다. 맹인은 눈이 보이지 않기 때문에 오히려 정신 집중이 잘 되어 정상인이 보지 못하는 세밀한 부분까지도 민감하게 느낄 수 있다. 눈을 감으면 눈꺼풀 속에 넓은 세계가 전개되고 그 속에서 갖가지 상념을 펼칠 수 있는 것이다.

예술가나 발명가 또는 학자나 기업가들도 대부분 눈을 감고 있는 사이에 새로운 아이디어를 얻지 않았을까? 왜냐하면 사람의 눈의 지향성은 보통 150 내지 160도쯤 되는데, 정확히 초점이 맞는 부분은 5도 정도라고 한다. 그러면서도 시계(視界)가 150 내지 160도가 되는 것은 눈이 진동하고 있기 때문이다. 어느 한 곳을 바라보면 다른 것은 제외되어 보이지 않게 되는데, 그것까지 보려면 눈을 흘금흘금 하지 않으면 안 된다. 그러나 그렇게 하면 마음이 안정되지 않아 결국 산만하게 보거나 아무것도 보지 못하게 되고 만다.

그러므로 단지 눈을 뜨고 보는 것만으로는 사물의 실체를 볼 수 없을 뿐만 아니라 눈에 보이지 않는 부분을 보기에는 불충분하다. 눈을 감았을 때 비로소 보이지 않는 부분까지 볼 수 있는 것이다. 사물의 실체를 보지 못하면 새로운 아이디어도 떠오르지 않는다.

가령 여기에 10원짜리 동전이 있다고 하자. 이것을 위에서 내려다보면 둥글지만 옆에서 보면 사각형이다. 그러면 10원짜리 동전은 둥글면서 사각형이므로 둘 다 옳은 답이라고 할 수 있다. 이런 논리는 좀 모순된 것 같지만, 우리가 사물을 보는 데는 이 논리가 통용된다. 겉모양에 구애받지 않고 실체를 파악하기 위해서는 보는 눈의 각도를 자유롭게 하지 않으면 안 된다. 세상에는 10원짜리 동전이 둥글면서 사각형일 리 없다고 완강하게 주장하는 사람이 있고, 또는 사각형이라고 주장하는 사람도 있다. 둘 다 자신의 논리만이 유일하고 절대적이라고 생각하는 편협한 마음에서 나오는 것이다. 하지만 세상을 살아가는 데는 "둥글면서 동시에 사각형이다."라고 주장할 수 있는 마음가짐이 필요하다.

마음 속에 새겨두고 싶은 한마디

삶에 있어서 모든 사람이
기막힌 재주를 가지고 있을 필요는 없다.
상식과 사랑하는 마음, 그것만 있으면 충분하다.

– 머틀 오빌

46_ 공부하는 방법을 모를 때

아무리 열심히 책을 읽고 공부해도 표면의 문자만 눈으로 좇아서는 아무 소용이 없다. 그 참뜻을 깨닫기 위해서는 자신의 생각을 버리고 내용 속으로 뛰어들어 그것과 일체가 되지 않으면 안 된다.

우리 나라에서는 교육열이 매우 높아 대부분의 사람이 고등교육을 받기 위해 공부하고 있는데, 도대체 왜 무엇을 위해 공부하는지도 모르는 채 단지 주위에서 부모나 선생님이 권하니까, 또 친구가 하니까 어쩔 수 없이 경쟁심을 불러일으켜 공부를 하는 예가 많다. 전부 그렇다고 단정지을 수는 없지만 상급학교로의 진학률이 높고 문맹률이 낮은 현실을 생각해 볼 때 부정할 수만은 없는 것이 사실이다. 그런데 배운 것이 정말로 자기의 피가 되고 살이 되어 실제로 도움이 되고 있는지는 의문을 갖지 않을 수 없다.

현재의 학습법은, 무엇을 알고 이해하기보다는 무엇을 얼마나 많이 기억하느냐에 중점을 두고 있는 듯하다. 요즈음의 입시를 목적으로 한 주입식 교육에서는 단지 시험에 나올 것 같은 문제만을 암기하고 답을 쓰면 된다는 풍조가 만연해 있다. 그래서 외국어의 경우 학교에서 몇 년씩 배웠더라도 졸업과 동시에 거의 잊어 버려 실생활에는 아무런 도움도 되지 못하는 경우가 많다.

학생들에게 "이 꽃을 보라."고 말하면, 그 꽃의 색깔, 모양, 꽃잎의 수, 잎의 형태를 관찰하다가 가령 코스모스라고 생각했는데 그것이 사실로 밝혀지면 금세 흥미를 잃고 관심을 거두어 버리는 경우가 많다. 어느 꽃이나 그 꽃이 아니고는 나타날 수 없는 색깔의 아름다움이나 모양의 미묘함이 있기 마련인데, 대개 수박 겉핥기에 그치고 마는 것이다.

한 수학자는 "하나의 문제를 푸는 데 있어 무엇보다 중요한 조건은 자기 자신이 그 문제와 일체가 되는 것이다. 서로 융화할 때 비로소 문제를 푸는 데 필요한 단서가 나타나 법칙을 올바로 이해할 수 있다."고 말했다.

공부를 하기 위한 참다운 방법은 이처럼 공부해야 할 상대 (문제) 속으로 뛰어들어 그 문제 자체와 하나가 될 때 비로소 그것을 알았다고 말할 수 있지 않을까? 수박 겉핥기식으로는 언제까지나 그 참뜻을 이해할 수 없을 것이다.

마음 속에 새겨두고 싶은 한마디

양손을 호주머니에 넣고서는
결코 성공의 사다리를 오를 수 없다.

– 엘마 윌러

최대의 승리는 자기 자신을 정복하는 것이다.
자기 자신에게 정복당하는 것은 최대의 수치다.

– 플라톤

47_ 시험 공부에 몰두해 있을 때

　고등학교나 대학 입학 시험에서는 아직도 필기 시험이 합격 여부에 많은 비중을 차지하는 경우가 많지만, 최근들어 입사 시험에서 면접에 중점을 두어 성적은 물론이고 성격과 적성, 창의성, 건강 등을 중심으로 총체적인 평가를 하는 회사들이 많아졌다. 학교와 달리 사회에서는 학력보다 실천력이 요구되기 때문이다. 회사에서는 의욕, 창의력, 적극적인 성격, 협동심, 건강 등이 중요시된다. 아무리 두뇌가 명석하고 일류 학교 출신이라 해도 치열한 기업 경쟁에서 이길 만한 능력과 패기가 없다면 사회에서는 소용이 없다. 이것은 기업에서뿐만 아니라 모든 사회에서도 마찬가지다.

　그런데 몸과 마음이 그렇게 모두 강인할 것을 요구받는 젊은 이들의 실제 모습은 어떤가? 일류 학교에 들어가기 위한 시험 공부에만 몰두한 탓에 요점을 파악하는 기술이 뛰어나기 때문인지 요령은 좋지만, 적극적으로 사는 패기도 의욕도 도무지 없다. 게다가 상식도 풍부하지 못하니 무엇을 위한 교육인지 알 수 없다.

아이들은 원래 행동 범위가 학교와 가정으로 한정되어 있어서 그 사회는 매우 좁다. 그 결함을 방과 후 클럽 활동이나 친구, 가정에서의 대화에 의해 보충해야 한다. 그런데 오늘날 같은 입시지옥 속에서 학교와 학원에서는 공부하는 요령만 배우게 되고, 가정에서는 비위를 거스르지 않기 위해 조심하는 부모의 과잉대접으로 인해 버릇없이 굴게 된다. 시험이라는 단어 하나 때문에 친구들과 어울릴 시간도 거의 없고, 가정에서는 독불장군이 되어 가는 것이다.

이것은 아이들에게 잘못이 있는 것이 아니라 그들을 둘러싼 부모와 교육계의 태도, 나아가서는 오늘날의 사회 구조에 문제가 있다고 할 수 있다. 고등학교나 대학 입학생쯤 되면 충분히 자기가 나아가야 할 방향을 생각할 수 있는 나이다.

중·고등학교, 대학교는 학문을 하는 곳이지 시험 공부를 위한 예비 학교가 아니다. 아무리 시험 보는 요령에 대한 지식이 뛰어날지라도 자기가 앞으로 어떻게 살아가야 할 것인지조차 생각하지 못하는 사람은 사회에 나가서도 만년 수험생처럼 주어진 일밖에 할 줄 모르는 쓸모없는 존재가 될 수밖에 없다. 이렇듯 적극성과 창의력이 부족한 사람이 요즘에는 대학생층에까지 번지고 있다. 전문 분야를 연구하는 최종학부인 대학교, 적어도 전문 지식을 배우고자 자신의 선택으로 들어간 대학교의 젊은이들인데, 시험 이외에는 부모나 친구, 사회에 전혀 관심을 갖지 않았던 오랜 습관이 그렇게 소극적인 인간을 만들어 낸 것이다.

인간은 모름지기 어떻게 살아가야 할 것인가를 배우고, 사물을 보는 눈을 기르는 것이야말로 모든 교육 과정에 있어서 그 본질이 되어야 한다. 동서고금의 문화유산과 접하는 일뿐만 아니라, 친구나 교사, 부모도 훌륭한 인생의 거울이다. 사계절의 변화에서 조화와 자연을 알고 생명의 존귀함을 배운다. 또 거리에 나가서는 인간 사회의 여러 가지 축도를 배울 수 있다. 이런 산교육이야말로 늘 교과서와 텔레비전, 컴퓨터에만 매달려 자기 세계를 좁혀가고 있는 아이들에게 반드시 필요한 것이다.

시험을 치르기 위해 공부하고, 일류 회사에 취직하기 위해 대학교에 다니는 것이 아니다. 자기의 삶을 찾고 가능성을 발굴하기 위해 학문을 하는 것이다. 그런데 무턱대고 시험 보는 요령만을 터득하는 데 몰두하는 것은 자기 자신의 무한한 가능성을 스스로 덮어 버리는 결과가 된다.

인생에 있어서 그 시기는 사물을 진지하게 파악하고 모든 것을 흡수할 수 있는 중대한 시기이다. 사회에 나가서의 인생을 풍족하게 사느냐, 초라하게 사느냐도 이 시기의 인격 형성과 지식 축적에 달려 있다고 할 수 있다. 학교와 학원과 가정에 자기를 빼앗겨 버리고, 정작 사회에 나가서는 의욕도 창의력도 없는 실격 인간이 되지 않도록 자신을 살리기 위한 자신만의 공부를 하기 바란다.

마음 속에 새겨두고 싶은 한마디

독서는 충실한 인간을 만들고,
대화는 재치있는 인간을 만들며,
집필은 치밀한 인간을 만든다.

— 베이컨

48_ 잘난 척할 때

"도대체 왜 이래요? 돈벌이도 제대로 못하는 주제에 거만하게 굴기는……" 하고 거칠게 말하면, 또 한쪽에서는 "바보 같은 소리 좀 작작해. 당신이야말로 집안 일도 제대로 하지 못하면서 입만 살아서……" 하며 싸움만 하는 부부가 있다.

'부부싸움은 개도 안 말린다.' 지만 거친 말투로 말다툼을 하고 있는 당사자들은 의외로 아무렇지도 않게 담담한데, 평소에 쌓인 스트레스를 그런 식으로 해소하고 있는지도 모른다. 그러나 곁에서 보면 금방이라도 물고 뜯으며 소란을 피울 듯한 험악한 공기가 감돌아 조마조마하고 듣기에도 거북할 정도이다. 당신 주위에도 혹시 그런 부부가 있는가?

전쟁 후에 강해진 것은 여자와 스타킹뿐이라는 말도 있는데, 이제까지 얌전하게 행동했던 여성도 결혼하여 아이를 낳고 나면 뻔뻔하며 오만해지는 경우를 볼 수 있다. 남편들 중에도 가정에서는 아내에게 꼼짝 못하고 초라하게 있다가도, 밖에 나가면 후배나 부하들에게 거만하게 굴고 동료 앞에서 큰소리치며 자신이 가장 훌륭한 사람인 양 행동하는 사람이 있다. 이것이 도가 지나치면 늘 자신의 울분을 풀 상대를 찾게 되고, 그런 상대가 없으면 마음이 불안정하여 남의 괴로움 따위에는 아랑곳없이 차마 듣지 못할 말까지 함부로 입에 올리게 된다.

이런 사람은 상대방이 자신에게 굴복하여 "아, 그렇군요" 하고 맞장구를 쳐주면 아주 만족해지만, 부정하기라도 하면 화를 내며 상대방을 욕하고 심한 경우에는 난폭해져 물건을 부수며 울부짖기까지 한다.

프랑스의 사상가 파스칼은 "광신자는 자기만이 잘났다고 생각하기 때문에 주위 사람과 마찰을 일으키기 쉽다. 때로는 사소한 일로 입씨름을 하여 쓸데없는 에너지를 소모한다. 그것은 신에 대한 겸허함을 잊어 버린 자의 지나친 믿음이다."고 말했다. 누구나 자기 생각대로 하고 싶다거나 뽐내고 싶다는 욕망을 갖고 있지만, 그런 기분을 억제하지 못하는 사람은 야수나 다름없다. '내가 너무 지나치지 않았나?' 스스로 반성하는 마음이 솟아나지 않으면 언제까지나 자기 우울증에서 벗어날 수 없다.

언제나 입씨름이 그치지 않는 한 가정의 가장이, 옆집에서는 어떻게 하기에 가족들이 오손도손 사이좋게 잘 지내는지 궁금하여 "어떻게 하면 싸움을 하지 않는지 그 비결을 가르쳐 주십시오." 하고 물었다. 그러자 옆집 주인은 "우리 집은 모두 나쁜 사람만 모여 있어서 싸움을 하지 않는 것입니다."라고 대답했다. 농담 같은 말에 분개하여 돌아왔는데, 어느 날 그 집에서 자전거가 도난당해 소동이 일어났다. 가만히 엿들어 보니, "현관문을 깜빡 잊고 잠그지 않은 내가 나빴어요." "내가 자물쇠를 잠그지 않고 나갔던 거예요. 내가 나빴어요." "아냐, 내가 자전거를 거기에 놓아둔 것이 나빴어." 하고 모두 자신의 잘못이라고 말하는 것이었다. 그 대화를 듣고서야 비로소 자신의 잘못을 깨닫고, 그 후로는 절대로 입에 담지 못할 욕을 하거나 상대방을 슬프게 하지 않겠다고 맹세했다는 것이다.

"나쁜 일은 자기 자신에게 가져오고, 좋은 일은 남에게 주라. 나를 잊고 남을 이롭게 하는 것이야말로 자비의 절정이다."는 말이 있는데, 이것이 실행되지 못하는 한 현대인에게는 이미 밝은 미래가 없는 게 아닐까?

49_ 변명만 늘어놓을 때

사람들의 대화를 잘 들어보면, '그러나' 또는 '그렇지만'이라는 말로 상대방 의견에 반발하여 말참견을 하는 사람이 많다. 요즘에는 이런 자기 주장에 여성들까지 가세하여 '그런데 말이야' 또는 '하지만'을 연발한다. 특히 평소 욕구 불만이 쌓이면, 별로 내키지는 않지만 남편에게서 그 돌파구를 찾기 위해 아양을 떠는 아내들에게 그런 경향이 있는 듯하다.

남편   "당신 가끔씩은 좀 일찍 일어나는 게 어때?"

아내   "그렇지만 밤에 늦게 자는데 아침에는 좀 느긋하게 일어나도록 해주세요."

남편   "일찍 일어나 아침 식사를 준비하지 않으면 회사에 지각하잖아."

아내   "하지만 그렇게 일찍 준비할 수는 없어요."

남편　"그렇지만은 않아. 나도 좀 도와 주면 말이야."

아내　"하지만 그렇게 재촉하지 말아요. 못 견디겠어요."

이런 아무 사랑도 없는 대화를 매일 아침 반복하는 가정이 의외로 많은 것 같다. 어째서 "예" 또는 "그렇군요." 하는 온순한 말이 입에서 나오지 않는 것일까? 아내의 체면에 관계되는 일이라고 생각하기라도 하는 것일까?

문제는 말하는 것이 아니라 그것을 실행하는 일이다. 현대인은 일의 결과보다도 자기의 말에 중점을 두고 그 말을 들어주지 않으면 일할 의욕이 생기지 않는다고 생각한다. 이렇게 이치만을 내세우는 사람일수록 큰 일을 하지 못하고 항상 변명만 늘어 놓기 때문에 뒷감당을 하기 어렵다.

내가 아는 사람이 전쟁중에 군대에서 부하를 거느리고 적 앞에서 강을 건너는 연습을 하다가 배가 파도에 부딪혀 전복되고 말았다. 모두 흠뻑 젖어 기슭으로 헤엄쳐 나왔는데, "무엇을 우물쭈물하고 있느냐?"는 상관의 질책을 받은 한 병사가 변명하려고 하자 상관은 따귀를 때렸다. 그는 "변명 따위는 필요없다. 지금 연습중이라고 생각하는가? 이것은 실전이다. 실전중에 배가 침몰하면 모두 죽는다. 그러니 너희들은 이미 다 죽어 있는 거다. 죽은 놈이 어떻게 말을 하는가? 너희들은 죽어서는 안 된다. 실패하면 죽는다. 그러니까 실패해서는 안 되는 것이다." 하고 엄하게 꾸짖었다고 한다.

이와 비슷한 이야기가 있다. 어느 날 한 스승이 제자를 데리고 뜰을 산보하고 있었다. 이때 갑자기 돌풍이 일자 낙엽이 떨어졌다. 스승은 걸으면서 낙엽을 하나하나 주워 소매에 넣었다. 이것을 본 제자가 "스승님, 그만 두십시오. 곧 쓸겠습니다." 하고 말했다. 이 소리를 들은 스승은 큰 소리로 꾸짖으며 "이놈! 곧 쓸겠다는 말로 깨끗해질 수 있느냐? 낙엽 하나를 주우면 하나 주운 만큼 깨끗해지지 않느냐?" 하고 말했다.

자기가 해야 할 일을 잘 판단해서 척척 처리하는 사람은 아무리 큰 일이 닥쳐와도 절대로 불평 불만을 터뜨리지 않고 묵묵히 실행하며, 남이 뭐라고 비난하든 변명 같은 것은 결코 하지 않는다. 그런데 뭔가 말하지 않으면 마음이 불편하다는 것은 일을 열심히 하지 않았다는 증거로, 일 그 자체보다도 자신을 더 인정받고 싶어하기 때문이다. 우리는 절대로 그런 사람이 되어서는 안 된다.

50_ 쓸데없는 잡담을 할 때

한가한 사람일수록 다방 같은 데 모이면 대개 남에 대한 평판을 일삼는데, "누구누구는 돈을 많이 벌었다." "누구는 지금 무슨 일을 하고 있다." 하며 그 사람이 없는 것을 다행으로 생각하는 듯 재판을 한다. 마치 평소에 쌓인 울분을 해소하기라도 하듯이. 특히 여성들이 모이면 수다스럽고 왁자지껄하다. 경우에 따라서는 그런 왁자지껄한 회의가 하루종일 말상대도 없는 주부들에게 있어서는 정신건강상 필요할지도 모르지만, 할 일을 제쳐놓으면서까지 그런 쓸데없는 잡담으로 하루를 보람없이 보내는 것은 정말 안타까운 일이다.

독일인은 그런 쓸모없는 잡담을 "거짓말을 남발한다."며 싫어하는데, 르네상스기의 예술가 라파엘도 "총명한 사람이 되고 싶거든 알맹이 있는 질문을 하고 주의깊게 들으며 침착하게 대답하고, 더 얘기할 것이 없거든 입을 다무는 기술을 배워야 한다."고 말하고 있다. 우리 나라에도 "침묵은 금이다."라는 격언이 있음을 상기하자.

석가의 제자 중에도 수행 도중에 잡담을 하며 쓸데없는 소리를 지껄이는 사람이 있었다. 어느 날 석가는 그런 제자들에게 "너희들이 다 모였을 때는 해야 할 일이 두 가지 있다. 하나는 바른 말을 하는 것이며, 또 하나는 존귀한 침묵을 지키는 일이다."라고 타일렀다. 또한 "말의 위세를 지켜 말을 삼가고, 말해서는 안 될 것을 말하지 말며, 꼭 말해야 할 것만 말하라." "지혜로운 자는 남을 비방하지 않는다. 절대 경솔하게 말하지 말라."고 훈계하였다.

어느 문예비평가는 "나는 내가 말한 것에 대해 책임을 지고 언제든지 죽을 각오가 되어 있다."라고 말했는데, 과연 우리는 자신이 말한 것에 대해 언제라도 죽을 각오와 책임을 느끼고 있는 것일까? "입은 재앙의 근본"이라는 말도 있지만, 자신의 울분을 풀고자 나오는 대로 무책임한 말을 함으로써 오히려 남에게 폐를 끼치는 일이 있어서는 안 된다. 그런 말의 홍수는 소음이나 다름없는 일종의 공해일 뿐이다.

스위스의 철학자 막스 피카트도 「침묵의 세계」에서 "말은 침묵에서 와서 침묵으로 돌아간다. 소음은 소음에서 와서 소음으로 돌아간다."고 말하고 있다. 즉 소음은 물처럼 흐르는 것이어서 끝이 없다는 말이다. 침묵에서 나온 참다운 말이야말로 우리의 마음 속에 남아 결정적인 영향을 미치는 것이다. 우리도 그런 말만을 하며 살자.

마음 속에 새겨두고 싶은 한마디

햇빛이 아주 작은 틈을 통하여 보여질 수 있듯이,
사소한 일 하나, 태도 하나, 말씨 하나에서
그 사람의 인격을 알아볼 수 있다.

－S. 스마일즈

51_ 밑바닥 생활을 한탄할 때

누구나 남에게 인정받으며 인생의 무대에서 화려한 각광을 받고 싶어하기 마련이다. 그러나 그 소망과는 달리 평생 밑바닥 생활을 강요당하며 그늘진 생활로 일생이 끝나 버리는 경우도 있다. 그럴 때는 자기 자신의 불운을 한탄하기 전에 주위에 있는 식물의 모습을 생각해 보는 것이 좋다. 백합이나 글라디올러스는 꽃이 활짝 피면 영양을 뿌리에 축적하기 위해서 곧 꽃을 꺾어 버린다. 또 심을 때도 물이나 비료를 너무 많이 주면 나무가 게을러져 뿌리를 뻗치지 않기 때문에 내버려 둔다.

삼목은 이끼가 없으면 잘 자랄 수 없다. 그 이끼는 직사광선이 닿지 않는 것이 좋은데, 삼목 잎이 빛으로부터 이끼를 보호해 준다. 또한 이끼는 삼목 잎에서 떨어지는 물을 자양분으로 삼아 자라고, 다시 삼목에게 물을 공급해 준다. 삼목과 이끼는 서로가 서로를 필요로 하는 공존 공생 관계인 것이다.

우리 신체의 일부인 새끼손가락도 평소엔 그 역할을 별로 의식하지 못하지만 역시 없어서는 안 될 존재이다. 만일 새끼손가락이 없다면 망치질을 할 수 없고, 야구를 할 때도 공을 던질 수 없다. 물구나무서기를 할 때도 새끼손가락이 없으면 균형을 잡을 수 없어 쓰러지고 만다. 이 새끼손가락을 하찮은 존재로 여겨선 안 되는데, 사람들은 그것을 잃고 나서야 비로소 그 존재 가치를 알게 된다.

천지자연의 섭리는 참으로 오묘한 조화를 이루고 있다. 세상의 모든 것이 각기 자기 몫을 다해 서로 돕고 의지하는 관계를 유지하며 살아가고 있기 때문에 그 조화가 지속되는 것이다. 그런데 만일 서로 남을 밀어젖히면서까지 자기 주장을 내세우고 자기만 두드러지려고 한다면 어떻게 되겠는가? 서로의 톱니바퀴가 맞물리지 않고 어긋나 버려 단 하루도 자연스러운 운행이 되지 않을 것이다. 그렇게 생각하면, 잠시 밑바닥 생활을 하거나 그늘에 가린 존재가 되었다 해도 크게 원망할 일은 아니다.

나도 전에 하와이의 어느 절에서 수행을 할 때 아침부터 밤까지 청소만 하면서 지낸 적이 있었다. 그때는 수행중이어서 첫째가 청소, 둘째가 경 읽기, 셋째가 공부였다. 그것은 청소 하나 제대로 못하면서 어떻게 경 읽기나 공부를 할 수 있겠느냐는 가르침 때문이었다. 지상의 낙원이라는 곳에서 허술한 작업복 차림으로 걸레질이나 잔디 깎는 일을 하면서 관광객들의 화려한 모습을 엿보고 있자니, "왜 나만 이런 비참한 생활을 보내야 하는가?" 하는 생각에 하늘이 원망스럽기조차 했다. 나중에 생각해 보니 청소를 하며 지내는 동안 몸이 많이 건강해지고 식사도 맛있게 할 수 있었던 것 같다. 하지만 그때는 나 자신을 되돌아볼 여유도 없이 늘 남과 내 생활을 비교하고 나 자신의 불운만을 한탄했던 것이다.

누구나 밑바닥 생활을 싫어하기 마련이고, 특히 혈기 왕성한 청년에게 있어서는 참기 어려운 시련임에 틀림없다. 그러나 성공한 위인들은 모두 한 번쯤은 그런 어둡고 긴 밑바닥 생활을 통과해 왔으며, 하루아침에 크게 성공한 사람은 없다.

유명한 가수도 겉으로는 화려해 보이지만, 그렇게 되기까지 보이지 않는 그늘에서의 피나는 연습과 주위 사람들의 협력으로 영양이 공급되고 축적되었기 때문에 비로소 각광을 받게 된 것이지 결코 우연히 그렇게 된 것이 아니다.

52_ 제멋대로 행동할 때

현대세계에서는 가치와 목적이 다양해짐에 따라 많은 권위가 실추되고 정직한 사람이 손해를 보는 일도 많아졌다. 자기 자신 이외에 의지할 곳이 없고 서로가 상대방을 믿지 못하는 풍조가 만연하게 된 것이다. 그런 세상이니만큼 누구나 제멋대로 행동하는 것도 무리가 아니고, 또 그렇게 하는 것이 사려깊게 사는 것보다 얼핏 보기에는 나아 보일지도 모른다.

그래서 자기 마음에 드는 것만을 받아들이고 그렇지 않은 것은 거부하며, 자기에게 도움이 될 만한 사람만을 좋은 사람이라고 칭찬하고 그렇지 않은 사람은 나쁜 사람으로 내몰아 모든 가치를 자기 위주로 정해 버린다. 이런 행위는 남의 생각은 하지 않고 "나만 득을 보고, 편안하고, 좋으면 된다."라는 단순한 이기주의에서 나온 것이다.

자신만이 좋으면 된다는 생각은 남을 앞지름으로써 본인은 통쾌하겠지만, 반면에 주위 사람의 질투와 반감을 사기 쉽고 싸움이나 대립의 씨를 뿌려 고립될 수도 있다. 자신만 편안하면 된다는 생각 역시 고생을 덜어서 좋겠지만, 그러다가는 어느새 게으름이 몸과 마음을 헤쳐 무슨 일을 시켜도 하지 못하는 쓸모없는 사람이 되어 버리기 십상이다. 자신만 좋으면 된다는 것도 마찬가지로, 그 허상에 배신당할 때가 반드시 올 것이다. 이러한 생각은 마치 마약과도 같이 일시적인 진통 효과나 쾌감은 가져오겠지만, 자신이나 남을 함께 살리기는 커녕 파멸로 이끄는 촉진제가 될 뿐이다.

우리 주위에도 이런 위험이 따르는 것을 미처 깨닫지 못한 채 나중이야 어찌되든 일시적인 쾌락에 취해 있는 사람이 있다.

모든 것이 허용된다는 게 언뜻 보아 좋을 것 같지만, 그만큼 폭주할 위험성을 내포하고 있고 어지간히 강한 브레이크가 걸리지 않는 한 폭주로 인한 탈선을 피할 길이 없다. 요즘 세상에서는 웬만한 폭주는 아무도 간섭하려 하지 않고, 더구나 법에 저촉되지 않는 한 아무도 탓하려 하지 않는다. 그러나 그렇다고 해서 제멋대로만 행동하는 사람은 그것이 통용되지 않게 되면 불평을 늘어놓고, 도스토예프스키가 「죄와 벌」에서 묘사한 대학생 라스콜리니코프처럼 자기 행위를 정당화하기에 급급하다. 그리고 자기와 뜻이 다른 사람은 보기 싫다는 식으로 제멋대로의 이유를 갖다 붙이는 것이다.

현대인에게는 그런 파멸 행위에 대한 반성과 자책감이 부족하다. 또한 자기의 비행에 대한 책임을 남이나 사회에 전가하고도 별로 죄의식을 느끼지 않는다. 그리고 그것이 통하지 않으면 절망하여 자포자기 상태에 빠지거나 심지어는 자폭할 정도로 의지가 약한 사람도 많다. 우리는 그런 타락한 생활에 하루빨리 종지부를 찍고 좋은 일과 나쁜 일을 확실하게 구분할 줄 알아야 할 것이다.

그러기 위해서는 먼저 무슨 일이 있어도 남이 싫어하는 일이나 사회에 누를 끼칠 일은 하지 말고, 모두가 기뻐할 만한 일을 밀고 나가야 한다. 그러려면 아울러 용기와 결단이 필요한데, 이것 없이는 공존 공영이 이루어지지 않는다.

일본 펜 클럽 회장에 취임한 한 독문학자는 문단의 방종한 풍조를 비판하면서, "외부의 압력에 의해 표현의 자유를 구속하는 것은 결코 용납할 수 없는 일이다. 하지만 아무리 표현의 자유라 해도 쓰는 사람의 자발적인 절도는 필요하다. 무엇을 해도 좋고 아무것이나 써도 된다는 식이어서는 곤란하다."고 말했다. 모든 것이 허용되고 있는 오늘날이야말로 우리의 일상생활에 있어서의 말과 행동을 스스로 규제하는 절도가 필요하다는 뜻이다.

우리는 이제껏 자유와 방종을 동일시하여 혼동해 왔는데, 이 두 가지는 서로 엄연히 다른 것이다. 자신을 갖는다는 것과 자만하는 것도 다르다. 이와 마찬가지로 자립과 고립도 다르고, 품위와 건방진 것도 다르다. 이제 혼동되기 쉬운 개인주의와 이기주의의 차이를 분별할 줄 알며, 자신의 절도를 지키고 본분에 따라 부끄러움을 아는 사람이 되어야 할 것이다.

마음 속에 새겨두고 싶은 한마디

전혀 목표를 가지고 있지 않은 것보다
보잘것없는 작은 목표라도 가지고 있는 편이 훨씬 낫다.
그것이 성공의 싹이 되어 인생을 보다 살찌우기 때문이다.
목표가 없는 사람은 결코 위대한 성공을 이루지 못한다.

— 칼라일

53_ 돈의 노예가 되었을 때

　마을 아이들에게 "자신의 생명 다음으로 중요한 것이 무엇이라고 생각하느냐?"고 물었더니, 곧 "돈이요"라는 대답이 나왔다. 어린 마음에도 돈의 위력은 절대적인 것으로 여겨지는 모양이다. 돈만 있으면 무엇이든지 원하는 것을 살 수 있고, 좋아하는 것을 할 수 있기 때문에 부모 아이 할 것 없이 한결같이 돈에 집착하는 것도 무리가 아니다.

　바람직한 직업에 대한 앙케이트 조사 결과도 국민 대다수가 의사나 변호사같이 소득이 많은 직업을 바라고 있는 것으로 나타났다.

　부모가 자기 자식을 초등학교나 중학교에 다닐 때부터 비싼 수업료를 지불하면서까지 과외 공부를 시키고 가혹한 입학 시험을 통과하여 일류 학교에 진학시키려는 것도 오로지 유리한 조건으로 일류 회사에 취직시켜서 높은 수입을 올리게 하고 싶은 마음 때문이다. 부모라면 누구나 자기 자식이 남보다 단돈 백 원이라도 더 벌어서 안정된 생활을 하고 풍요로운 하루하루를 보내기를 바란다. 또한 자신들도 안정된 노후생활을 보장받기 위해서 재산을 축적하고 싶어한다.

그러나 고도 경제성장의 물결에 편승해 원하는 대로 출세를 하고 수입이 높아지면 상관없지만, 오늘날과 같은 불황의 물결을 타게 되면 월급이 줄어들고 나아가서는 실업이나 파산을 겪게 되기도 한다. 그럴 때는 돈의 고마움을 더욱 절실히 느끼게 될 것이다.

나는 20여 년 전 홀몸으로 미국 유학을 갔는데, 그때 뉴욕 시 라큐스 시의 버스 정류장에서 가지고 있던 돈 전부를 잃어 버린 적이 있다. 많은 짐을 승차장에 놓아두고 잠깐 목적지인 보스톤 행 버스 출발 시간을 물으러 매표소에 갔다 온 사이에 수표와 패스포트가 들어 있는 가방을 누군가 훔쳐가 버린 것이다. 그러나 다행히도 주머니에 버스표와 3달러 가량의 적은 돈이 남아 있어 겨우 목적지까지 갈 수 있었다. 그리고 아는 사람 하나 없는 대학가 캠브리지에 하숙을 정하고 사흘 동안 하루 한 끼씩

빵으로만 지내는 사이에 가지고 있던 돈 전부를 써버렸다.

그리고 이 사정을 하숙집 아주머니에게 차마 말하지 못한 채 혼자 고민하고 있던 중 갑자기 고열로 인해 실신하고 말았다. 정신을 차렸을 때는 스틸만 대학 병원의 침대 위에 누워 있었다. 그 후 열이 내리기 시작하면서부터 나는 의사와 간호원이 회진할 때마다 이제 퇴원하라고 하면 어쩌나 하고 안절부절하며 차라리 병이 완쾌되지 않기를 기도했다. 돈이 전혀 없어 입원비를 지불할 수 없었기 때문이었다.

일주일쯤 지난 어느 날 아침 간호원이 뭔가 하얀 종이를 들고 나에게로 다가오는 것이 아닌가? 그 무렵은 일본에서 미국으로 돈을 부칠 수도 없는 시기였다. 수업료는 고사하고 생활비도 없는 나로서는 유학을 그만두고 접시닦기라도 하여 목숨을 이어가는 수밖에 다른 방법이 없었으므로, 간호원에게 나중에 일해서 돈이 생길 때까지만 기다려 달라고 부탁하리라 결심했다.

그런데 그 하얀 종이는 입원비 청구서가 아니라 뜻밖에도 시라큐스 경찰서에서 보낸 전보였다. 내가 잃은 수표를 찾았다는 내용으로 대학을 거쳐서 병원으로 전해져 왔던 것이다. 구사일생으로 살아난 나는 그때만큼 한 장의 전보가 귀중하게 여겨진

적이 없었다. 곧바로 내 사정을 말하고 며칠 후 퇴원하여 무사히 하숙집으로 돌아왔다. 물론 대학에 다니면서 공부를 계속할 수도 있었다.

옛부터 "1원을 비웃는 자는 1원 때문에 운다."는 말이 있는데, 나는 이러한 경험으로 인해 돈의 귀중함을 뼈저리게 느꼈다. 돈은 확실히 살아가는 데 있어 필요한 것이며, 그것 없이는 하루하루의 의식주를 해결해 나갈 수가 없다. 그러나 돈은 살아가기 위한 필요조건일 수는 있어도 절대적인 것은 아니다. 그러므로 필요 이상으로 돈을 가지고 있다 해서 그것을 과시할 필요도 없고 오만해져서도 안 된다. 돈이 필요 이상으로 많을 때 그 돈 때문에 불행해지는 경우도 있다.

아무리 돈이나 명예 또는 권력을 획득하고 훌륭한 직업을 가졌더라도 그 목적이 단지 자신과 가족이 먹고 살기 위해서일 뿐이라면, 아무도 그 사람을 훌륭하다고 존경할 리 없고 스스로도 부끄럽게 생각할 것이다. 죽어서 저세상으로 갈 때 그런 것을 가지고 갈 수 있는 사람은 아무도 없으며, 오히려 그것 때문에 재산싸움 등 후유증이 생기는 경우가 많다.

나는 이렇게 생각하면서부터 꼭 필요한 돈은 헛되지 않도록 소중하게 사용하려고 다짐하고 있다.

히말라야산을 황금덩어리로 바꾸고 또 그것을 두 배로 늘리더라도 한 사람의 욕망을 충분히 채울 수는 없듯이, 돈은 사람이 살아가는 데 필요하긴 하지만 그것만으로 더욱 잘 살 수 있는 것은 아니다. 우리는 돈을 위해 사는 것이 아니라 살기 위해 돈을 필요로 하고 있을 뿐이다. 따라서 좀더 인간답게 살기 위해서는 돈의 노예가 아니라 유용하게 사용하는 주인이 되어야 한다. 그렇지 않으면 무엇 때문에 이 세상에 태어났는지 그 의미가 없어지고 만다.

마음 속에 새겨두고 싶은 한마디
가난하다는 말은 너무 적게 가진 사람을 두고 하는 말이 아니라
너무 많이 바라는 사람을 두고 하는 말이다.

– 세네카

54_ 가정에 흥미를 잃었을 때

　요즈음의 가장은 월급을 집에 갖다 주는 사람일 뿐 가정에서의 권리가 없어졌다고들 말한다. 특히 샐러리맨에게 있어서는 아침 일찍부터 밤 늦게까지 일하면서 지위나 월급이 올라감에 따라 회사의 운명을 짊어지고 새로운 시장의 개척, 동료들과의 경쟁, 부하의 뒷바라지 등으로 심신이 모두 피로해져서 집에 돌아온다. 그런데 가정에서 기다리고 있는 것은 마음을 편안하게 해주는 단란함이 아니라 아내의 불평 불만이다. 또 일요일에는 아내와 아이들에 대한 서비스 때문에 심신의 피로를 풀기는 커녕 오히려 더 피곤해져서 다음날 아침 출근해야 하는 악순환을 되풀이한다.

　어느 날 그런 생활에 지친 한 가장이 내게 이렇게 호소했다. "적어도 집에 돌아와서만은 가정의 주인으로서 행동하며 마음

편안한 공간과 시간을 갖고 싶습니다. 그런데 그렇지 못하기 때문에 회사에서 돌아오는 길에 술집에 들러 동료들과 한잔 하면서 시름을 달래고, 돌아와서는 아내와 다투든가 말없이 자 버리게 됩니다."

물질적으로 생활이 풍족한 미국 등지에서도 직장이나 가정에서의 스트레스를 견디지 못해 술에 빠져서 알코올 중독이 되고, 결국에는 정신이상을 일으키는 유능한 가장들이 늘고 있다고 한다. 뉴욕의 맨하탄에 있는 샌트럴 파크 주변에는 이런 알코올 중독자나 정신질환자를 진찰, 치료하는 병원이 눈에 띄게 증가하고 있는데, 거기서 카운셀러나 의사가 환자에게 해주는 가장 좋은 충고는 술을 줄이는 약물 투여나 입원이 아니라 집한구석에 자신이 좋아하는 일을 할 수 있는 서재나 작업실을 만들라는 것이라고 한다.

마음의 평안을 얻을 수 있는 장소를 찾지 못한 가장은 점점 집을 떠나 아내와 아이들을 버리게 된다. 가정은 아내와 아이들만의 공간이 되고, 아내의 애정은 남편에 대한 보상 심리로서 아이들에게 쏟아지게 된다. 그런 가정에서는 아내에게 남성 불신감이 싹터 무의식중에 아이들에게까지 영향을 미친다. 그리하여 사내아이들에게는 열등감, 성적(性的) 불능의 노이로제, 자신감 상실 등을 불러일으키고, 여자아이에게는 우월감, 성적(性的) 과잉의 히스테리, 오만함 등을 심어주게 된다. 비행 소년 소녀가 생기기 쉬운 것도 그런 가정 때문이라는 사실이 최근의 통계에서 잘 나타나고 있다.

정신분석학의 원조로 알려진 프로이드조차도 어머니에 대한 애착과 아버지를 혐오하는 유년시절의 체험이 그를 고립시켜, 그때 경험한 열등감으로부터 '오이디푸스 콤플렉스'라는 대립하는 감정 갈등의 학설을 세웠다고 한다.

요즘 젊은 남성은 여성화된 복장과 머리, 귀여운 어린애와 같은 모습의 자신을 좋아하며 여성에게 응석을 부리고 있는데, 언제부터인지 자신의 남자로서의 권위가 상실되어 버린 것도 느끼지 못하게 되었다.

나는 지금 옛날의 아버지처럼 아내와 아이들을 복종시키는 권위적인 존재가 되어야 한다고 주장하는 것이 아니다. 우리 나라는 전통적으로 남존여비 사회라고 하는데, 사실은 그렇지 않다. 남성은 원래 이상가 기질로 모험을 좋아하는 성질이 있는데, 그런 남성을 여성이 잘 조종해 일으켜세워서 일하게 하는 대부분의 경우를 제외하면, 요즘에는 입장이 바뀌어 남성이 여성을 일으켜세우고 그 결과 여성이 더욱더 우쭐해하며 남성을 복종시키고 있다.

불전에서도 "여성이 구하는 것은 남성이고, 마음이 향하는 곳은 장식품이나 화장품이며, 궁극적인 목적은 지배권이다."고 지적하고 있는데, 그런 여성에게 눌려 두각을 나타내지 못하는 남성만큼 비참한 것은 없다. 역시 남성다운 남성이 여성을 여성답게 하고, 여성다운 여성이 남성을 남성답게 하는 것만은 틀림없는 것 같다.

「육방예경(六方禮經)」에는 부부로서 지켜야 할 도리에 대해 다음과 같이 설명되어 있다.

남편으로서 아내를 위해 지녀야 할 마음가짐으로는 아내의 인격을 존중할 것, 반드시 아내를 열렬히 사랑할 것, 돈과 옷과 장신구를 제공할 것, 경제와 가사와 육아를 맡길 것, 아내의 부모를 존경하고 사랑할 것 등이다.

아내 역시 남편에게 다음과 같은 마음가짐으로서 대하라. 남편을 존경하고 사랑할 것, 남편에게 복종할 것, 남편에게 충분히 봉사할 것, 남편의 일을 도울 것, 가정 생활을 귀중히 여길 것,

공경하고 사랑하는 마음을 지닐 것, 남에게 친절히 할 것, 부드럽고 성실한 말씨를 쓸 것, 손님을 잘 영접할 것, 인격자를 칭찬할 것, 집을 깨끗이 할 것, 영양있는 요리를 만들 것 등이다.

이를 실천하면 틀림없이 재산이 풍부해지고 가정이 번영한다는 것이다. 요즘이야말로 이런 마음가짐이 부부 사이에 꼭 필요한 것은 아닐까?

마음 속에 새겨두고 싶은 한마디

결혼의 행복은 매우 섬세하여 거친 취급은 금물이다.

인정 없는 손으로 어루만지기만 해도 상처를 입고,

무관심에 의하여 얼어붙으며,

의심에 의해서 부서지고 만다.

결혼이라고 하는 행복의 꽃에는

언제나 부드러운 애정을 계속 쏟아야 한다.

따뜻한 인정의 빛을 내리쬘 때 그 꽃잎은 활짝 피게 되며,

아무것에도 흔들리지 않는 신뢰의 철벽으로 지켜주어야 한다.

- 토머스 스프랏

55_ 부모로서 자신이 없을 때

러시아의 문학가 투르게네프의 단편에 「용감한 참새」라는 것이 있다. 1878년 4월의 어느 날 사냥을 갔다가 돌아오면서 개와 함께 걷고 있을 때, 가까운 자작나무 위의 새집에서 참새 새끼 한 마리가 날아오를 힘이 없는 듯 푸드득거리며 길 위에 떨어졌다. 개가 그 곁으로 다가가자 나뭇가지에서 새까만 어미 새가 날아와 부리로 개의 코 끝을 세 번 정도 쪼아댔다. 결국 개는 숨을 쉴 수 없어 후퇴하는 수밖에 없었다. 투르게네프는 새끼를 보호하려는 그 어미새의 애정에 감동되어 한참 동안 그것을 바라보다가 새로운 기분으로 개를 데리고 그 자리를 떠났다는 이야기다.

입장을 바꾸어 우리 인간의 세계를 생각해 보면 어떤가? 과연 동물에 견줄 만큼 헌신적인 부모가 있을까? 물론 전혀 없다고는 할 수 없지만, 자식을 기르는 마음 밑바닥에는 어릴 때는 마치 애완동물처럼 맹목적으로 사랑하다가 자라면서 성인이 되면 노후를 의탁해야겠다는 본심이 숨어 있는 것은 아닐까? 만일 그렇다면 그것은 참다운 어버이의 마음이 아니며 자식의 양육에 바친 시간이나 에너지, 돈을 자식에게 되돌려 받고 싶어 하는 야비한 행위에 지나지 않는다.

　노후를 편안히 지내고 싶은 심정으로 자식을 이용하는 그런 부모에게는 효도를 하기보다는 차라리 반발하고 싶어질 것이다. 부모에게는 자식을 돌볼 의무가 있지만, 효도는 어디까지나 자식된 사람의 자유 의지에 맡겨야 한다.

　농촌에서 열한 명의 형제 가운데 한 사람으로 태어난 친구가 이렇게 말한 적이 있다. "내 아버지는 술주정뱅이에 도박꾼으로 결코 좋은 아버지는 아니었다. 그러나 나에게 있어서 그만큼 좋은 스승은 없었다고 생각한다. 왜냐하면 아버지는 스스로의 행동으로써 나쁜 행동의 표본을 보여주었기 때문이다. 그래서 나는 아버지와 반대되는 일만 하면 되었는데 그것만큼 쉬운 일은 없었다."

　이렇게 나쁜 아버지도 반대의 의미에서 아들에게 훌륭한 스승이 되는 경우가 있다. 그러나 참다운 애정은 그 대가를 전혀 바라지 않는 자비로운 마음으로, 아무것에도 얽매이지 않는 부모의 마음을 느낄 때 자식은 오히려 더 큰 감동을 받아 그런 부모를 존경하고 효도하고 싶어지게 된다.

부모가 어떤 사람이건 그들의 생활방식에서 무엇인가를 얻으려고 하는 자식은 역시 훌륭하다고 생각한다. 그런데 훌륭한 부모를 가졌으면서도 그 좋은 점을 깨닫지 못한 채 평생 부모에게 반항하고 부모를 귀찮아하는 못난 자식도 있다. 그러나 어떤 자식을 가졌건 부모는 그 자식의 거울로써, 자식이 무슨 행동을 하든 그것은 부모의 응보라고 생각하고 자식을 원망해서는 안 될 것이다. 자식은 부모가 말하는 대로 되는 것이 아니라 행하는 대로 되기 때문에 부모가 솔선해서 모범적인 행동을 보여야 한다.

요컨대 자식을 부모의 마음에 맞게 만들려고 해서는 안 된다. 부모와 자식이 다 함께 진실한 자기에 눈뜨고 옳은 길을 걷느냐 그렇지 못하느냐가 중요하다.

56_ 실연을 당했을 때

　흔히 첫사랑의 맛은 씁쓸하다고 말하지만, 실연의 맛은 쓰긴
커녕 끓는 물을 뒤집어쓴 듯한 후회와 고통이 동시에 엄습해 와
체험해 보지 않은 사람은 도저히 알 수 없다.

　이제껏 서로 사랑했던 사람들이 서로 상처를 주고 이별의 슬
픔을 맛보는 것은 정말 견디기 어려운 시련임에 틀림없다. 그러
나 연애하는 사람은 언젠가는 이런 체험을 하지 않으면 안 되는
운명인 것 같다. 실연하고 싶지 않으면 처음부터 연애 같은 것
은 하지 않는 것이 상책이고, 그러면 실연할 일도 없을 것이다.
그러나 그것을 알면서도 사랑하지 않을 수 없는 것이 인간이다.

　인생의 현실이 모두 자신의 뜻대로 되지는 않는 법으로, 사는
것도 늙는 것도 병드는 것도 죽는 것도 그 어느 것 하나 고통스
럽지 않은 것이 없다. 또 싫어하는 사람과 만나지 않을 수 없는

고통, 원하는 것을 얻을 수 없는 고통, 사랑하는 사람과 헤어져야만 하는 고통, 만족스럽게 살고 싶은 욕심을 채울 수 없는 고통, 이 네 가지의 고통도 우리 인생에 늘 따라다니는 것이다. 그런데 그 원인을 더듬어 보면 모두 자기의 욕망을 충족시키고 싶은 이기심에서 비롯된 것이라는 사실을 알 수 있다.

특히 연애하는 경우에는 자기가 좋아하는 상대를 독점하고 싶은 욕심 때문에 때로는 상대의 기분을 무시하고 마음상하게 하거나, 상대를 이상화하여 앞뒤 사정을 분간하지 않고 자기를 희생해서라도 상대방에게 몸과 마음을 헌신적으로 다 바친다.

확실히 연애는 우리 인생을 장밋빛으로 물들게 하고 정화시켜 주기도 하지만, 그와 동시에 변색과 배반의 가능성도 각오해 두지 않으면 안 된다.

연애할 때 상대방에게 반하는 사랑 비슷한 감정과 진실로 상대방을 사랑하는 것과는 근본적으로 다르지만, 이 차이를 알지 못한 채 반하는 것과 사랑하는 것을 혼동하는 사람이 많다. 도스토예프스키의 「카라마조프의 형제」에서는 테미트리가 사랑과 질투와 증오의 불꽃으로 가득찬 가슴을 두들기면서 동생 아르샤에게 "반한다는 것과 사랑한다는 것은 다르다. 반한다는 것은 상대를 증오하면서도 생길 수 있는 감정이기 때문이다."
하고 소리치고 있는데, 이처럼 사람은 자칫 반하는 것은 잘 알
지만 사랑하는 것은 모르기 쉽다. "가슴이 찢어지는 듯한 실연
을 당했다."고 거리낌없이 말하는 사람이 있는데, 과연 그것이
상대방을 진실로 사랑한 끝에 맛보는 실연인지는 알 수 없다.

　프랑스의 생텍쥐페리가 「인간의 대지」에서 "진실로 사랑한
다는 것은 서로가 서로를 마주보는 것이 아니라 둘이서 같은 방
향을 바라보는 것이다."라고 말하고 있듯이, 참다운 사랑이란
공통의 목적이나 가치를 향해서 서로 노력할 수 있는 관계를 유
지하는 것이다.

마음 속에 새겨두고 싶은 한마디

오늘 사랑한다고 해서
내일도 사랑하리라고는 아무도 장담할 수 없다.

― 루소

57_ 부부 사이가 좋지 않을 때

결혼 후 어느 정도 시간이 흐르면, 신혼의 단꿈은 간 데 없고 서로의 단점을 발견하게 되어 사소한 일로도 싸우고 별거하거나 이혼하는 부부가 적지 않다. 나는 가끔 그런 부부싸움을 중재해 달라는 부탁을 받기도 하는데, 자세히 들어 보면 언제나 싸움의 내용은 별 것이 아니었다.

석가 시절에도 그런 부부싸움이 끊이지 않았던 모양이다. 「육방예경」에 "남편은 아내에 대해서 존경과 예절과 정조를 갖고 대하고, 가사를 맡기며, 가끔은 장식품을 사 주어라. 또한 아내는 남편을 대함에 있어 집안 일을 잘 처리하고, 정조를 지키며, 남편의 수입을 낭비하지 말고 아껴쓰고, 남편을 공경하라."고 가르치고 있다.

또 옛날 한 장남에게 시집온 스차다라는 악처가 있었는데, 이며느리 때문에 항상 집안에 파란이 그치지 않자 석가는 그녀를 불러 이렇게 가르쳤다고 한다.

"스차다야, 세상에는 일곱 가지 형태의 아내가 있다. 그 첫째는 살인자와 같은 아내로, 오염된 마음을 가지고 남편에 대한 경애심이 없으며 끝내 딴 남자에게 마음을 주는 아내이다. 둘째는 도둑과 같은 아내로, 남편이 하는 일을 이해하지 못하고 자기 허영만 채우며 군것질을 많이 해 남편의 수입을 낭비하고 남편의 물건을 훔치는 아내이다. 셋째는 남편 같은 아내로, 가사를 돌보지 않고 게으르며 늘 가시돋친 말로 남편에게 화풀이하는 아내이다. 넷째는 어머니와 같은 아내로, 남편에게 세세한 애정을 갖고 어머니가 자식을 대하듯이 남편을 지키며 남편의 수입을 소중히 여기는 아내이다. 다섯째는 누이동생과 같은 아내로, 성의를 다해 남편을 잘 섬기고 자매를 대하는 듯한 애정과 부끄러운 마음을 지니고 남편을 대하는 아내이다. 여섯째는 친구와 같은 아내로, 늘 남편을 보고 기뻐하는 것이 마치 오랜만에 만난 친구를 대하는 듯 얌전하고 바르고 상냥하게 남편을 공경하는 아내이다. 일곱째는 가정부와 같은 아내로, 남편을 잘 섬기고 남편을 공경하며 남편이 하는 일을 잘 참아내고 화를 내거나 원망하지 않으며 늘 남편을 소중히 여기려고 노력하는 아내이다. 그런데 스차다야, 너는 이 가운데서 어떤 아내가 되려 하느냐?'

석가가 이렇게 묻자, 그녀는 크게 부끄러워하며 반성했다. 그 후로는 마치 다른 사람이 된 듯 착실한 아내가 되었다고 한다.

요즘 세상에서는 비웃음을 당할 얘기인지도 모르지만 현대의 아내들에게도 충분히 참고가 될 만한 교훈이라고 생각한다.

부부란 가정을 유지하고 발전시키는 데 없어서는 안 되는 존재로써, 각자가 목적 추구 기능과 보존 기능이라는 서로 다른 기능을 분담하여 수행해 나가야 한다. 남편은 밖에 나가 돈을 벌어서 가족을 부양하는 목적 추구 기능을 발휘하고, 아내는 가정에서 집안일을 빈틈없이 꾸려나가고 남편과 아이들을 돌보는 보존 기능을 발휘해야 하는 것이다. 이 중 어느 한쪽이 결여되어도 가정은 잘 지탱될 수 없으므로, 이 역할의 차이를 분명히 구별하여 자신의 임무에 충실해야 한다. 남편과 아내가 자신의 역할을 수행하지 않거나 상대방의 기능을 침범하면, 머지않아 부부관계나 가정이 깨지고 말 것이다.

결혼은 두 인격의 결합체다. 또한 서로에 대한 이해와 사랑이 있을 때 결합이 이루어지는 것이다. 그런데 이해하지 못한다면 남편으로부터 심한 스트레스를 받게 되어 하루하루가 긴장과 불안의 연속일 수밖에 없다.

사랑은 서로의 이해가 밑바탕에 깔려 있어야 오래도록 유지될 수 있다. 즐거울 때 같이 즐거워하기는 쉽지만, 괴로울 때 같이 괴로워한다는 것은 여간 힘든 일이 아니다.

결혼생활도 마찬가지다. 서로가 서로를 이해하기 위해 노력할 때 신데렐라의 꿈은 단순히 꿈으로서가 아니라 현실로 다가오는 것이다. 이때 비로소 가정은 불안이나 긴장이 없는 오직 행복만으로 가득한 안식처가 되는 것이다.

부부 사이가 좋지 않은 가정이 있다면, 먼저 그 원인이 어디 있는지 돌이켜보고 반성해야만 한다.

마음 속에 새겨두고 싶은 한마디

좋은 사람을 만나는 것은 신의 선물이고,
그 관계를 지속시키지 않는 것은 신의 선물을 내팽개치는 것이다.

– 데이비드 팩커드

58_ 질투심이 강할 때

　대부분의 사람들은 남의 성공을 보면 부러워하거나 질투를 느끼기 쉽다. 프랑스의 사상가 루소도 그의 저서 「에밀」에서 "인간은 자기가 행복한 것만으로는 충분치가 않다. 남이 불행해지는 것을 필요로 한다."라고 말하고 있지만, 단지 부러워하고 질투를 느낄 뿐만 아니라 때로는 남의 행복을 파괴하는 데서 쾌감을 느끼기까지 한다.

　흔히 질투심은 여성 특유의 감정이라고 생각하기 쉬운데 사실은 그렇지 않다. 그것은 남녀 누구나 지니고 있는 욕망으로, 자기가 원하는 것을 충족시키거나 향상시키고자 할 때 상대에 비해 자신이 뒤떨어져 있다고 자각하기 무섭게 그 상대방을 앞지르려는 경쟁심이 생기고 라이벌 의식을 느끼는 것이다. 만일 우리에게 이렇게 상대방보다 앞서고자 하는 경쟁심이 없다면,

인생의 패배자가 될 뿐만 아니라 진보나 향상은 있을 수 없다.

자동차 경주나 경마에 있어서도 서로의 실력이 비슷할 때 상대방보다 한 발짝이라도 더 나아가려는 경쟁심이 솟구치게 된다. 만일 상대가 낙오하여 경쟁할 필요가 없어지게 되면 그런 의욕은 솟아나지 않을 것이다. 그러므로 자유로운 경쟁심은 문명 사회의 진보 발전을 위해 꼭 필요한 요소라 할 수 있다.

하지만 자칫 잘못하면 경쟁심은 어처구니없는 폐해를 가져오기도 한다. 가령 친한 동급생이 같은 학교를 지망했을 때, 그 친구에게 라이벌 의식을 느껴 실력으로 앞지르려고 노력하는 것이라면 괜찮지만, 비열한 방법으로 앞지르려고 한다면 그것은 바람직하지 못한 일이다.

어느 고등학교에서 친구를 칼로 살해한 사건이 있었다. 내가 사는 마을의 고등학교에서도 수험생이 성적을 비관해 자살한 일이 있는데, 그 학생의 동급생 중에는 슬퍼하고 동정하기는 커녕 "이제 라이벌이 하나 줄었다."고 좋아하는 학생이 있었다고 한다. 이렇게 남을 쓰러뜨리면서까지 자신만 앞서려고 할 때 자칫하면 경쟁심이 질투심으로 돌변하는 함정에 빠지기 쉽다.

질투심이란 얼마나 하찮은 것인가를 깨우쳐 주는, 질투심 강한 부부의 얘기가 전해오고 있다.

옛날 한 남편이 아내에게 "술독에서 술을 떠오라."고 말하자 아내는 곧 술독의 뚜껑을 열었다. 그런데 이게 웬일인가? 거기에는 아름다운 여인의 모습이 비치고 있는 것이었다. 아내는 질투심이 솟아오른 나머지 남편을 향해 "아름다운 여자를 여기다 숨겨 놓다니, 당신 어떻게 그럴 수 있어요?" 하고 따져 물었다. 남편은 "아니, 그럴 리가 없는데." 하면서 술독을 들여다보았다. 그런데 이번에는 거기에 어떤 남자의 모습이 비쳤다. "당신이야말로 사내를 숨겨 놓았군." 하고 소리지르며 심하게 말다툼을 하다 결국 서로 멱살을 잡고 싸우게 되었다. 때마침 그곳을 지나가던 현명한 사람이 이 소란스러운 모습에 멈춰서서 싸움의 내용을 듣고는 "그럼 내가 그 남녀를 끌어내 주리다." 하며 술독을 보자마자 두들겨 깨버리고 말았다. 그리고는 "술독에 비친 남녀의 모습은 실체가 아니라 헛된 그림자입니다. 어리석은 사람은 헛된 그림자를 실체라고 믿고 있으니 그것은 잘못된 일이지요. 당신들도 하루빨리 망상의 꿈에서 깨어나지 않으면 안 됩니다." 하고 말했다.

이와 같이 질투심은 실체가 아닌 것을 보고 실체인 듯이 착각하는 데서 생기는 망상이다. 만일 어떤 사람에게 경쟁심이나 질투심을 느끼게 될 때는 대체 무엇 때문에 그런 감정에 사로잡히는가를 냉정히 생각하고, 그 사람과 함께 서로 도우며 앞으로 나아갈 수 있는 길을 모색해야 할 것이다.

마음 속에 새겨두고 싶은 한마디

다른 사람을 칭찬함으로써 자기가 낮아지는 것은 아니다.
오히려 상대방과 같은 위치에 자기를 끌어올려 놓는 것이 된다.

– 괴테

질투는 항상 사랑과 더불어 태어난다.
그러나 반드시 사랑과 함께 죽는 것은 아니다.

– 라로슈푸코

59_ 효성이 부족하다고 느낄 때

일찍이 노인은 지식과 체험의 선각자이고, 지위와 재산의 소유자이며, 모든 면에서 후진을 지도하는 입장에 있었다. 그런데 생활양식의 변화가 뚜렷한 현대세계에서는 그 진보 발전을 따라가지 못하는 노인은 자칫하면 옛 생활방식을 고집하게 되어 젊은이들에게 억눌리거나 오히려 반발당하고 귀찮은 존재로 취급되는 경향이 있다.

전후의 고도성장 물결을 타고 생활 수준이 높아짐에 따라, 노인의 복지 문제도 서구와 같은 수준에 가까워지면서 평균 수명도 연장되고 노인의 사망률이 저하되어 고령화 사회로 접어들었다. 한편으로는 핵가족화가 진행되면서 젊은이들이 독립하여 노인을 사회의 한구석으로 몰아붙이고 자기들만의 단란한 가정을 꾸미려 한다. 이런 여파 속에서 경제적으로는 노인들의 노후 불안이 다소 줄어들었다고 하지만, 정신적으로는 전과 다름없이 쓸쓸한 생활을 하고 있다.

옛날부터 전해 내려오는 이야기가 있다.

이미 노동력을 잃어 버린 노모를 등에 업고 산에 버리기 위해 가고 있는 아들의 귀에 등 뒤에서 가끔 나무를 꺾는 듯한 소리가 들려왔다. 그 아들은 '어머니가 버려진 뒤에 나 몰래 산에서 내려오려고 나뭇가지를 꺾어 길을 표시하고 있는 게 틀림없다.' 고 생각하면서 더욱 깊은 산 속으로 들어가 노모를 내려놓았다. 그리고는 "이제 헤어져야 합니다." 하고 얘기하자, 노모는 "네가 돌아갈 때 길을 잃어버리지 않도록 내가 나뭇가지를 꺾어 표시해 놓았으니 그것을 따라 내려가거라." 하고 말하는 것이었다. 아들은 그제서야 비로소 자신의 불효를 깨달았다. 자신을 버린 아들의 무정함을 원망하기는 커녕 그 아들이 길을 잃을까봐 염려하는 어머니의 한없는 사랑에 감동되었던 것이다. 비로소 꿈에서 깨어난 아들은 눈물을 흘리며 불효를 사죄하고, 다시 노모를 등에 업고 돌아와 그때부터 지극한 효도로써 섬겼다고 한다.

스무 살 때 부모를 잃은 사람이 실업 상태에서 어린 동생과 함께 어렵게 살아가고 있었다. 하루하루의 생활이 힘겹던 차에 마침 신문 광고를 보고 취직 시험을 보러 갔다. 면접 시험에서 "당신의 종교는 무엇이냐?" 하는 질문에 없다고 대답하자 낙방이 되고 말았다. 거기서 그는 말했다.

"하느님도 부처님도 믿지 않습니다만 제 마음 속에는 어머니가 계십니다. 그렇기 때문에 저는 나쁜 짓을 할 수가 없습니다. 살아계실 때 고생만 시키고 무엇 하나 기쁘게 해드린 일이 없었는데도 정성을 다해 길러 주신 어머니를 슬프게 하는 일은 결코 하지 않겠다고 다짐하고 있습니다. 어머니가 조금이라도 기뻐하실 일이라면 무엇이든지 하겠다는 생각으로 하루하루 살아가고 있습니다."

어머니를 업어보고 너무 가벼운 것에 눈물이 나서 세 발자국도 걷지 못했다고 노래한 시인도 있지만, 이런 마음이야말로 부모를 생각하는 자식의 자연스러운 사랑의 감정일 것이다.

효성이 부족한 사람은 자신이 노인이 되었을 경우를 생각해 볼 일이다. 장성한 자식에게 버림받고 아무에게도 의탁할 곳 없이 그 사정을 누구에게도 말하지 못한 채 혼자서 쓸쓸히 지내는 노인의 고독감이 떠오르지 않는가?

60_ 가장 사랑하는 사람을 잃었을 때

죽음은 누구에게나 어느 날 갑자기 찾아온다. 강호 시대의 일체 선사도 "태어나면 모두 죽는 법이다. 석가도, 달마도, 그리고 고양이도, 쥐도……." 하고 말하고 있듯이, 뛰어난 사람에게나 그렇지 못한 사람에게나 죽음은 평등하게 일생에 꼭 한번 찾아오는 것이다. 그런데 대부분의 사람들은 자기가 언제까지나 살 것처럼 생각하고 있다. 하지만 아무리 죽음을 망각하고 있을지라도 언젠가는 모두 죽는다는 사실에는 변함이 없다. 자기가 가장 사랑하는 사람과 영원히 함께 지낼 수 있는 양 죽음을 우습게 여기더라도 그것은 보통 사람의 허황된 생각일 뿐이다. 갑자기 죽음에 부딪히게 되면 누구나 당황하여 울부짖고 어찌할 바를 모르게 된다.

석가의 가르침을 받은 제자들도 예외는 아니었다. 스승인 석가가 82세의 고령이 되었을 때의 일이었다. 베사리 마을로 탁발을 나간 석가는 언덕에 오르자 곁에 있던 제자 아난다에게 말했다. "이 베사리 마을을 바라보는 것도 이것이 마지막이 될지도 모르겠다." 하지만 아난다는 그럴 리가 없다고 생각했다.

파바 마을에 이르러 망고 나무가 우거진 숲으로 들어갔는데, 거기서 밥 공양을 받고 석가는 그것이 체하여 결국 병을 얻게 되었다. 병든 몸을 이끌고 제자들과 함께 겨우 구시나라 마을에 다다른 석가는 "아난다야, 나는 지쳤다. 눕고 싶구나. 저 보리수 나무 밑에 자리를 마련해 다오." 하고 말하고는 머리를 북쪽으로 향해 누웠다.

아난다는 그제서야 비로소 스승의 죽음이 임박했음을 깨닫고, 슬그머니 자리를 빠져나와 "아! 아직도 스승에게 배워야 할 것이 태산 같은데 나를 남겨두고 혼자서 떠나시려고 하는구나." 하며 하염없이 울었다. 석가는 아난다가 곁에 없는 것을 눈치채고는 너무 울어 눈이 부은 아난다를 병상 가까이 불러 앉히고 말했다.

"아난다야, 너무 슬퍼하지 마라. 울어서는 안 된다. 내가 늘 말하지 않았느냐? 모든 사랑하는 사람과 언젠가는 헤어지지 않을 수 없다는 것을. 그리고 한번 태어난 것은 모두 죽는다는 것을. 아난다야, 넌 오랫동안 내 시중을 잘 들어 주었다. 대단히 고맙구나. 이 후로도 더욱 정진해서 네가 바라는 목적을 이루도록 해라. 아난다야, 혹시 너희들 중에 이렇게 생각하는 자가 있을지도 모르겠다. '우리 스승의 말씀은 이제 끝났다. 우리의 스승은 이제 계시지 않는다.' 하지만 아난다야, 그것은 잘못된 생각이다. 내 육체는 지금 여기서 없어질지라도 나의 가르침은 영원히 살아 있을 것이다. 따라서 내 육체를 보는 자가 나를 보는 것이 아니라, 나의 가르침을 아는 자야말로 나를 보는 것이다. 내가 죽은 후로는 내가 설법해 온 가르침과 계율이 너희들의 스승이니 그것을 잘 지켜 너희들의 스승으로 삼도록 해라."

제자들의 엄숙한 침묵 속에 석가는 계속해서 말했다. "제자들아, 내가 너희에게 고하노라. 이 세상의 모든 일은 무상한 것이다. 게으름에 빠지지 말고 정진하여라. 이것이 나의 마지막 말이다." 그리고 조용히 눈을 감았다.

곁에 있던 제자들도 아마 모두가 슬픔을 금할 수 없어 통곡하거나 소리높여 울었을 것이다. "먹구름이 끼고 바람이 심하게 불며 산천초목이 흔들렸다."는 말처럼 천지가 온통 슬픔에 잠

겼을 것이다.

이제껏 함께 살면서 서로 돕고 보살펴온 사람과 죽음에 의해 이별을 한다는 것은 분명히 살을 에이는 것보다 더 고통스러운 일이다. 그 사람이 단 하루만이라도 더 살아 주었으면 하고 바라는 것이 인지상정일 것이다. 그러나 무상한 이 세상은 그런 소망을 비정하리만큼 산산조각내 버리고 만다.

석가는 생전에 제자들에게 "내가 남긴 가르침을 실행하지 않는 제자는 내 곁에 있으면서도 나를 만나지 못하고 나로부터 멀리 떨어져 있는 것이다. 또 나의 가르침을 실행하는 자는 나에게서 멀리 떨어져 있어도 나와 함께 있는 것이다."라고 말했다.

가장 사랑하는 사람과는 함께 있건 떨어져 있건 서로 마음이 통해 있는 한 자신의 마음 속에 그 사람이 언제까지나 살아 있다고 할 수 있다.

마음 속에 새겨두고 싶은 한마디

죽음은 위대한 의사이다.
어떤 견디기 어려운 슬픔도 다 치료해 준다.

– 아이스킬로스

61_ 자기 혐오나 열등감에 빠져 있을 때

"저는 이제 다 틀렸습니다. 친구들이나 부모 형제로부터 버림받고 계획하는 일은 잘 되지 않으니, 앞으로 어떻게 살아가야 좋을지 모르겠고 꿈이나 희망도 전혀 없습니다."

이렇게 절망적으로 말하는 사람이 있다. 대개 그 심각한 얼굴 표정으로 보아 '그럴 만도 하겠다'는 동정심이 생기기도 하지만, 이같은 불안감은 누구에게나 한두 번은 찾아오는 일이다. 그럴 때는 대부분 인생에 절망했다거나 죽고 싶다고 말한다. 하지만 그런 심정을 고백하는 사람일수록 대개는 본심에서가 아니라 자신의 열등감을 지워 버리고 존재 가치를 남에게 인정받고 싶은 생각에서 상대방에게 하소연함으로써 위안받기를 기대하는 것이다.

확실히 우리 주위를 살펴보면, 너나 할 것 없이 좋지 못한 사람들이 너무 많은 데 놀란다. 보이지 않는 곳에서는 천하게 못된 짓을 일삼으면서도 겉으로는 정말 선량한 체 행동하는 사람들이 많은 듯하다. 강한 자나 윗사람에게는 아첨하면서도 약한 자나 아랫사람에게는 업신여기며 학대한다. 앞에서는 다정한 듯 말을 걸어놓고 뒤에서는 상대방을 모함한다. 그러면서도 사태가 위험에 처하면 맨 먼저 달아나고 양심의 가책도 느끼지 않는다.

우리 인간은 정신적으로 추할 뿐만 아니라 육체적으로도 결코 아름다운 존재, 깨끗한 존재라고는 할 수 없는 것 같다. 살아 있는 동안에는 끊임없이 배설 작용을 하며, 일단 죽은 다음에는 부패하기 시작하면서 악취를 풍기게 된다.

어느 소설가의 글 가운데 "어머니가 숨을 거둔 지 15분쯤 지난 후 나는 옷을 갈아입히기 위해 어머니를 발가벗겼다. 그리고 그 하반신에도 손이 닿았다. 이때 나는 인간이란 무엇인가, 인간과 인간과의 관계란 어떤 것인가 생각하고 몸서리가 쳐졌다."라는 대목이 있다.

자신이 매우 훌륭한 사람이라고 자부하는 사람일수록 위선자가 많고 화려하게 꾸미기를 좋아하는데, 우리들은 거기에서

기만당하고 배반당할 뿐 그 자체의 아름다움에 감동하지는 않는다. 오히려 그 추함에서 눈길을 돌리지 않고, 그것을 있는 그대로 받아들일 때 비로소 아름다움을 느낄 수 있을 것이다.

많은 종교계의 훌륭한 사람들은 한결같이 인간의 나약하고 추하며 고통스러운 것을 외면하지 않고 똑바로 관찰했고, 그것을 통해 불을 토하는 듯한 말과 행동으로 살아감으로써 후세 사람들에게 존경받으며 정신적 지도자로 숭앙받아 왔다.

다만 이러한 사람들이 보통 사람과 다른 점은 자신을 포함한 모든 사람들의 추함을 올바로 보았을 뿐만 아니라, 자신을 더 이상 떨어질 수 없는 시궁창까지 밀어넣어 거기에서 참된 가르침을 얻었다는 것이다. 철저히 자신의 추한 곳을 들춰내어 참회하지 않으면 절대로 그런 가르침을 얻을 수 없다.

보통 사람은 자신의 추한 곳을 들춰내기는 커녕 오히려 감추려고 하기 때문에 열등감으로 괴로워하고 비굴한 태도로 인생의 뒤안길을 외롭게 살아가지 않으면 안 되는 것이다. 아무리해도 자기혐오나 열등감에서 헤어날 수 없다면, 차라리 인간이란 그런 것이 당연하다고 여기고, 추악한 사람들끼리 서로 위로하고 협력하며 살아나가는 것이 바로 인생이라고 생각하는 게 어떨까?

세상에는 자기혐오나 열등감에 사로잡힌 사람들이 의외로 많은데, 우리는 자기 자신뿐만 아니라 이런 사람들을 잊지 말아야 할 것이다. 자기혐오나 열등감에 빠졌을 때는 주위의 손발이 없는 신체 장애자나 빈민 생활을 하고 있는 사람들, 또 밖에 나가고 싶어도 나갈 자유가 없는 형무소 안의 죄수들을 떠올려 보았으면 싶다. 그러면 우리들은 얼마나 큰 은혜를 입고 있는지 깨닫게 될 것이다.

마음 속에 새겨두고 싶은 한마디

세상에서 가장 좋은 벗은 내 자신이며
세상에서 가장 나쁜 벗도 내 자신이다.
나를 구할 수 있는 가장 큰 힘도 내 자신 속에 있으며
나를 해하는 무서운 칼날도 내 자신 속에 있다.
이 두 가지 내 자신 중 어느 것을 쫓느냐에 따라 운명이 결정된다.

– 월만

62_ 사명감이 부족할 때

　누구나 건강하고 가정이 원만하며, 하는 일이 잘 되고, 육체적으로나 정신적으로나 경제적으로 근심 걱정이 없는 행복한 나날을 보내기를 바라지만, 그렇게 마음대로 되지는 않는다. 때로는 병마에 시달리거나 불황으로 장사에 실패하여 좌절하기도 하고, 나이를 먹어서는 점점 몸이 쇠약해져 힘없고 덧없는 나날을 보내지 않으면 안 되는 경우도 있다. 그럴 때는 가슴을 에는 듯한 찬바람도 한층 더 살벌하게 느껴지고, 자포자기 상태에서 술이라도 마시며 마음을 달래려는 유혹에 빠지기도 한다.

　그러나 아무리 보잘것없고 재미없는 나날일지라도, 주어진 소중한 생명을 주위 환경 때문에 소홀히 해서는 안 된다. 우리들 인생에는 반드시 흥망성쇠가 있기 마련인데, 한때 어려운 고비에 빠진다 할지라도 눈앞의 고통만 보지 말고 머지않아 이윽고 떠오를 태양을 생각하며 꾸준히 노력해야 할 것이다. 그렇다고 가만히 앉아서 단지 입을 쩍 벌리고 태양이 떠오르기를 기다리기만 해서는 효과가 없다. 보다 적극적으로 대처하면 화를 복으로 바꿀 수도 있다. 맨 밑바닥까지 떨어졌을지라도 꾸준히 노력하여 성공을 일군 예가 있듯이, 어떠한 역경에서도 할 수 있다는 신념을 잃지 않는 것이 중요하다.

누구나 "다른 사람을 위해 내가 해야만 하는 일이 있다."라는 사명감으로 가득차 있을 때는 어떤 역경에 처하더라도 오히려 그것을 시련으로 받아들여 목적을 완수하려는 불굴의 투혼이 용솟음치는 법이다.

제2차 세계대전 중 아우슈비츠의 강제 수용소에서 온갖 학대를 받은 유태인 빅톨 E. 프랭클이라는 심리학자는, 수용되어 있는 동안 수많은 유태인들이 중노동이나 영양실조로 차례차례 쓰러져 죽어 가는 모습을 보면서 문득 가장 사랑하는 아내를 생각했다. '내 아내는 지금 어디에 있을까? 그녀도 역시 이런 괴로운 생활을 하고 있을까? 만약 그렇다면 그 몇 배의 고통이라도 좋으니 내가 대신 받을 수만 있다면 좋겠다.' 하고 생각했다. 그러자 스스로도 놀랄 정도로 생동하는 힘이 솟구쳐올라 그 후로는 어떤 학대라도 참고 견딜 수 있게 되었다고 한다.

프랭클 박사는 전쟁이 끝나고 나서 무사히 풀려 나왔는데, 그때의 체험을 다음과 같이 술회하고 있다.

"내 아내의 존재가 얼마나 굉장한 마음의 지주가 되어 주었는지 모른다. 누군가를 진정으로 사랑하여 자기 자신을 완전히 무(無)의 상태로 만들면 놀라운 힘이 솟아나는 법이다. 설사 그 상대가 시간적으로나 공간적으로 멀리 떨어져 있을지라도 그 효과는 마찬가지다."

미국의 정신분석학자 에릭 엘릭슨 박사도 "사람은 무엇인가 누군가를 위해서 필요한 존재가 되어야 한다."고 말하고 있지만, 자신을 송두리째 바칠 수 있는 상대가 있다면 그는 행복한 사람이다. 그런 사람이 어디엔가 존재하는 것만으로도 "그 사람을 위해 내가 애쓰지 않고 누가 할 것인가? 그 사람을 행복하게 해주고 싶다."는 헌신적인 힘이 솟아나기 때문이다. 사랑받을 줄도 사랑할 줄도 모르는 현대인에게서 이러한 것을 기대하는 것은 무리일까?

63_ 인생에 지쳐 있을 때

　사람은 누구나 진지하게 살아가려고 하면 할수록 자기 생애에 몇 번은 인생의 벽에 부딪쳐 "대체 이래도 좋은가?" 하는 통렬한 자기반성을 통해 무력감이나 자기혐오에 빠져들게 된다.

　만약 이런 상황에 한 번도 부딪혀 보지 않았다고 자신하는 사람이 있다면, 그는 지금까지 매우 행복한 나날을 보내 왔거나 특별한 사람임에 틀림없다. 그 중에는 "나는 무엇 때문에 살고 있는가?" 하는 철학적인 고민이 아니라, 그날 그날의 일에 지친 나머지 그 괴로움을 누구에게 호소할 수도 없어 매일 무거운 기분으로 살아가는 사람도 있을 것이다. 그럴 때는 점점 기분이 우울해져서 무기력한 자신을 책망하며 절망의 심연에 빠져들어 "차라리 죽어 버릴까?" 하는 절박한 심정이 들기도 한다.

　젊은 날의 절망을 극복한 어떤 사람은 그러한 어려움에 처했을 때는 언제나 머리 속으로 등산을 상상한다고 하는데, 다음과 같은 그의 경험담은 인생 행로에 많은 도움이 될 것이다.

"에베레스트 산 같은 높은 산을 상상합니다. 거기에 내가 륙색을 짊어지고 올라간다, 중간쯤 이르렀는데 벌써 숨이 턱에 닿아 있다, 한 발짝 오르고 한숨을 쉬고, 두 발짝 오르고 한숨을 쉬고, 그리고는 멈춰 선다. 이러한 상태가 되어 있을 자신을 상상해 보는 거죠. 그러면 '이제 조금만 더 버티자, 조금이다, 저기 앞에 정상이 보이지 않느냐, 이제 단숨에 정복할 수 있어.' 하는 기분이 듭니다. 자신의 일이라면 너무 힘겨워 '여기서 그만둘까, 좀더 쉬어갈까, 아니면 차라리 그만 내려가 버릴까?' 하는 생각이 들겠지만, 남의 일이라고 생각하면 '버텨야 해, 좀더 올라가!' 하고 다그치게 됩니다."

이처럼 자기 자신을 객관시할 수 있는 마음의 여유가 없는 사람은 인생이나 일에 쫓길 때 아마도 절망해 버리는 경우가 더 많지 않을까? 평소에 자기 중심적으로 모든 일을 밀고 나가다 보면, 남의 의견과는 상관없이 자신의 생각이나 행동만을 지나치게 믿은 나머지 그것이 전부라고 생각해 혼자서는 어찌할 수 없는 어려운 지경에 처하면 곧 손을 들고 마는 사람들이 많은 것 같다.

　하루아침에 되는 일은 아니겠지만, 평소에 자기 모습을 자신의 바깥에 두고 바라보면서 또 하나의 자기를 향해서 물어보고 대답을 얻는 식으로, 보는 방법을 조금 바꿈으로써 자신이 보잘 것없기만 하다는 절망감에서 헤어날 수 있을 것이다.

　자신을 격려할 뿐만 아니라 그런 자신을 불쌍히 여기고 웃어 넘길 수 있다면 멋진 사람이다. 자기 자신을 객관시할 수 있는 사람은 자기라는 좁은 껍질을 타파하고 넓은 세계에서 자신을 내려다보게 되는데, 그런 경지에 이르면 이미 하찮은 자신의 생각에 매달릴 필요가 없어진다. 이것은 결코 자기 자신을 업신여기는 것이 아니라 오히려 지금까지보다 더욱더 자신을 소중히 키워나가려는 것으로, 적극적으로 사는 자신감과 용기가 샘솟아 오른다.

　이렇게 생각하는 것을 일종의 환상이나 착각이라고 조소할지도 모르지만, 그것은 진실로 괴로워하고 번민해 본 일이 없는 사람들의 생각이다. 그 고민의 당사자가 되면 비로소 자기 자신을 객관시하는 것의 중요성을 절감하게 될 것이다.

64_ 편안함만 추구하려 할 때

내가 알고 있는 어떤 사람이 최근 발목이 잔뜩 곪아서 급기야 수술할 지경에 이르렀다. 그는 의사로부터 "마취를 하면 환부를 잘 확인할 수 없으니 마취를 하지 않고 수술했으면 싶은데 어떻게 생각하세요?" 하는 질문을 받고, "좋습니다. 내 자신이 얼마만큼 고통을 견뎌낼 수 있는지 시험해 보겠습니다. 그렇게 해주세요."라고 대답하고 용감하게 수술대에 올랐다. 결국 그는 이를 악물고 통증을 견뎌내며 가까스로 수술을 받고는 무사히 상처를 치료했다.

나도 몇 년 전 어깨와 손의 관절부에 하얀 칼슘의 고름이 고여 조금만 움직여도 욱신욱신 쑤시고 아파서 할 수 없이 근처의 정형외과에 간 일이 있다. 의사는 나에게 뢴트겐만으로는 고름이 생긴 장소를 확실히 알 수 없으니 마취 없이 메스를 넣어 꺼

내자고 했다. 세 명이나 되는 간호사가 수술대 위의 나를 붙잡고 있었지만, 눈에서 불꽃이 튈 정도의 아픔을 견뎌내지 못하고 발버둥치며 쩔쩔매다가 겨우 핀셋 끝에 조금 묻을 정도의 고름을 짜내었다.

뼈저린 고통도 그 순간이 지나고 나자 곧 잊어 버리고, 내 앞에 내밀어진 고름 덩어리를 보면서 "맙소사, 이런 하찮은 것 때문에 고통스러워하고 있었구나." 하고 안도의 한숨을 내쉬었던 기억이 지금도 새롭다.

병은 마음으로부터 온다고 하듯이, 병원을 찾는 사람의 반이상은 병에 걸리지도 않은 경우가 많다고 한다. 이런 사람은 의사의 치료나 약에만 의지할 뿐 자기 스스로 고쳐 보려고 하지 않기 때문에 처음부터 질병에게 져 버리고 만다.

때로는 자신이 얼마나 질병의 고통을 이겨낼 수 있는지 스스로 시험해 보는 것도 필요하다고 생각한다. 병마와 씨름해서 이길 수 있다는 각오만 있다면 작은 병은 도망가 버릴 것이다.

다음과 같은 이야기가 있다.

어느 나라의 왕이 궁전에서 민중을 위해 성대한 파티를 열기로 했다. 병환 때문에 걸어서는 궁전까지 도저히 갈 수 없는 사람이 가족의 도움을 받아 길을 나섰는데, 도중에 이제 더 이상 걸을 수 없을 만큼 지쳐서 나무그늘 밑에서 쉬고 있었다. 그때 마침 제석천이 나타나 "내가 함께 궁전으로 데려다 주겠다."고 말했다.

환자는 크게 기뻐하며 제석천에게 이끌려서 궁전에 들어갔다. 그는 세상에서 보기 드문 재물과 보석을 보고는 욕심이 났던지 그 중 항아리 한 개를 가리키며 갖고 싶다고 말했다. 제석천은 쾌히 승낙하며 "이것은 아주 신통한 항아리로 당신이 원하는 것은 무엇이든지 나옵니다. 당신에게 드릴 터이니 소중하게 보관하시오" 하고 항아리를 내주었다. 그는 재빨리 집으로 가지고 돌아와 가족들에게 자랑하며 각자 소원하는 것을 말해 얻어냈다.

그리고 집에 친척들을 모아 놓고 잔치를 열어 신나게 먹고 마시던 중 정신없이 기뻐하면서 보물 항아리를 가지고 날뛰다가 몸이 중심을 잃고 쓰러지는 바람에 그만 항아리를 바닥에 떨어뜨리고 말았다. 깜짝 놀라 취기에서 깨어난 그는 산산조각난 항아리 조각을 모아 원상태로 되돌리려고 애썼지만 "한번 엎질러진 물은 다시 담을 수 없다."는 말처럼 결국 허사가 되고 말았다.

이것은 보물 항아리에만 의지한 채 만사가 해결된 것으로 안심하고 만용을 부려서는 안 된다는 뜻의 훈계이다.

안락한 생활에만 젖어 있는 젊은이들은 적어도 일생에 한 번쯤은 자기 자신의 체력이나 정신력이 어느 정도 고통을 견뎌낼 수 있는지 그 한계를 시험해 볼 필요가 있다. 한번이라도 극한 상황까지 자기 자신을 몰아넣어 본 사람이라면 대부분 어떤 난관이나 고난에 부딪히더라도 꿈쩍하지 않을 자신과 용기, 힘이 자연히 생길 것이라고 생각한다,

인생을 살금살금 피해 다니며 현실에서 눈을 돌린 채 편안하고 쉽게 이득을 얻을 작정으로 감각적인 쾌락에만 마음을 빼앗기고 있으면, 그곳에는 즐거움은 있을지언정 결코 마음으로부터 우러나는 기쁨은 있을 수 없고 나중에는 반드시 화가 돌아온다는 것을 각오하지 않으면 안 된다.

마음 속에 새겨두고 싶은 한마디

인간의 가치는 그가 가지고 있는 진리에 의해서 측정되는 것이 아니라, 그가 그 진리를 획득하기 위해 겪은 노고에 의하여 측정된다.

─레싱

65_ 마음이 침착하지 못할 때

일본 사람이 손재주가 뛰어나다는 것은 세계적으로 정평이 나 있다. 손목 시계, 카메라, 전자 계산기, 테이프 레코더, 텔레비전, 스테레오 등의 정밀 기계는 일본이 세계 대부분의 시장을 독점하고 있다. 이것은 일본 사람들이 자신의 회사 일에 충실하다는 이유뿐만 아니라 이제까지 길러온 습관 덕분으로, 세밀한 곳까지도 자주 손길이 미치는 꼼꼼함이 정밀 기계 분야에서도 살려지고 있기 때문이다.

섬세하면서도 정교한 솜씨는 하루아침에 얻어지는 게 아니다. 붓글씨나 계산, 잔손질이 가는 바느질 솜씨, 일본 요리의 아주 잘게 채썰기, 춤의 손놀림 등 그 어느 것 하나에도 노력을 기울이지 않은 것이 없고 정성과 공으로써 이루어낸 것들이다. 그러나 애석하게도 현대에 와서는 근대화의 물결에 휩쓸려 이와 같은 미풍양속이 쇠퇴해 가고, 몸짓 손짓이 대범해지고 말았다.

예를 들어 붓글씨는 비능률적인 것임에는 틀림없지만, 만년 필이나 볼펜, 연필처럼 균등한 힘을 넣는 방법과는 달리 한 자 한 자 힘의 강약이나 속도가 쓰는 사람의 마음에 맡겨지고, 머리 속에서 문장을 생각하는 속도와 일치하여 마음이 글씨 자체에 자연스레 나타난다.

또 서양 사람들이 바느질에는 생각이 미치지 않고 통무를 둥글게 써는 것조차 서툰 것은 모든 일을 기계에만 맡겨 버리고 조잡한 몸짓 손짓에 의존하기 때문인데, 그것을 모방하는 것이 현대인의 소양인 양 잘못 생각하는 사람이 있다는 것은 안타까운 일이 아닐 수 없다.

세밀한 데까지도 손길이 미치고 정성껏 마무리를 지으려면 마음을 침착하게 가라앉히고 전념해야 비로소 가능하다. 그러려면 단지 머리 속에서 정신통일을 하는 것만으로는 불충분하며, 실제로 몸짓과 손짓을 단정하게 고쳐나가지 않으면 안 된다. 우선 입을 꼭 다물고 시선을 한 곳으로 집중하여 정좌하고, 아랫배에 힘을 주어 호흡을 조절하며, 두 손을 모아 합장하는 자세를 취하면, 마음이 가라앉고 정신도 맑아지게 된다.

일찍이 우리 인류의 조상은 네 발 동물로서 손바닥으로 땅을 짚고 다녔기 때문에 어깨에 몸무게의 반 정도가 편중되어 있었다고 한다. 이와 같은 상태로는 가슴으로 호흡한다는 것이 불가능하기 때문에 필연적으로 복식 호흡을 할 수밖에 없었다. 그러던 것이 뒷발만으로 일어서면서 앞발이 손으로써 쉬게 되자, 손의 번거로운 움직임과 합세해서 마음이 혼란을 일으키게 되었다. 한편 어깨로 숨쉬는 것을 배워 그것이 더욱 마음을 가라앉히지 못하게 되었다고 한다.

"급할수록 돌아가라."는 속담이 있듯이, 마음을 조급하게 먹고서는 하는 일이 제대로 되지 않는다. 세상이 어수선하고 소란하면 할수록 적어도 우리들은 침착성과 안정된 마음을 유지하며 바르게 처신하지 않으면 안 될 것이다.

마음 속에 새겨두고 싶은 한마디

힘은 희망을 가지는 사람들에게 있고,
용기는 마음 속에 있는 의지에서 일어나는 것이다.

— 펄벅

66_ 거짓말을 자주 할 때

"거짓말은 도둑질의 시작"이라는 속담이 있듯이, 조금 정도라면 용서받을 수 있을 것이라고 제 나름대로 생각하고 거짓말을 하면 거짓은 거짓을 부르게 되고 마치 눈덩이처럼 점점 커져서 이러지도 저러지도 못하는 난관에 처하고 만다. 그리고 그것은 대개 나중에 탄로나서 결국 다시 돌이킬 수 없는 지경에 빠지고 만다.

플루타크의 「영웅전」을 읽다 보면, 한 어린이가 포도원에 숨어들어가 포도를 따다가 주인에게 들키자 당황한 나머지 엉겁결에 옷 속에 포도를 숨기는 장면이 나온다.

주인이 어린이에게 "네가 우리 포도를 훔쳤구나." 하고 험상궂게 따져 묻자, "아뇨, 훔치지 않았어요." 하고 거짓 대답을 했다. 그런데 공교롭게도 숨긴 포도 속에 뱀이 몸을 도사리고 있다가 어린이의 배를 물고 늘어졌다. 어린이는 그 아픔을 견딜 수 없어 사실을 실토하고 싶었지만, 포도를 훔치지 않았다고 주장했던 체면 때문에 포도송이를 내던지지도 못하고 결국 끝까지 고집을 부리다 죽고 말았다. 이와 같이 별로 대단치도 않은 거짓이 원인이 되어 소중한 목숨을 잃도록까지 추궁당한다는 것은 왠지 두려운 생각마저 든다.

그런데도 "거짓은 방편"이란 말과 같이 때로는 거짓이 허용되는 경우도 있다. 예를 들어 어떤 여성으로부터 "나 예쁘죠?" 하는 말을 들었을 때 별로 미인이 아닐 경우 정직하게 "아뇨, 별로 예쁘지 않은데요"라고 대답하면 틀림없이 맥이 빠지고 말 것이다. 이럴 때는 "예, 당신은 참 예쁘군요." 하면서 칭찬을 해주면 두 사람 다 함께 기쁨을 나누게 된다. 말솜씨 여하에 따라 용기를 북돋아주어 주위에 좋은 결과를 미칠 수 있는 거짓이라면 어느 정도는 허용되어도 좋지 않을까?

암에 걸린 환자에게 의사가 정직하게 질병 상태를 말해 주는 바람에 낙심하고 죽음을 재촉한 예도 있듯이, 진실도 상황에 따라서는 숨기지 않으면 안 되는 경우가 있다. 말하는 것뿐만 아니라 실제로 상대방이 어떤 영향을 받을까를 생각한 다음 그 표현 방법을 잘 연구해야 하고, 상대방에게 처음부터 정신이 헷갈려 갈팡질팡하게 하는 거짓은 결코 말해서는 안 된다.

우리들은 늘 "거짓말을 했느냐 안 했느냐의 둘 중 하나를 택하라."고 사람들에게 강요하여 거짓말을 했으면 나쁘고 하지 않았으면 잘했다는 판단을 내리고 있는데, 진실과 거짓의 차이는 흑과 백의 차이처럼 뚜렷하게 구별할 수 있는 것이 아니다. 그것은 마치 흑과 백 사이에 다양한 색 배합으로 이루어진 회색이 있듯이, 무수한 중간 상태가 있다고 생각하는 것이 옳을 것이다.

"거짓도 방편"이라는 말에서의 거짓은 진실이라는 쓰디쓴 약을 달디단 껍질로 싼 것이라고 생각하면 되는데, 그렇다고 알맹이까지도 거짓으로 뭉쳐진 것이어서는 곤란하다. 어디까지나 상대방과의 관계 속에서 진실을 노골적으로 드러내어 전하느냐, 거짓이라는 껍질로 싸서 전하느냐의 차이일 뿐이다. 이렇게 생각해 보면 "거짓도 방편"이라는 거짓은 사실 거짓이 아니라는 뜻도 된다.

허위로서의 거짓은 언제까지나 용서받을 수 없는 것이며, 또 "거짓도 방편"이라는 말에 있어서의 거짓도 그것을 말함으로써 상대방을 괴롭히고 또 자기 자신도 양심의 가책을 받게 되는 것이라면 삼가야 할 것이다. 허위의 거짓과 방편의 거짓은 실제 상황에 비추어 볼 때 구별하기 어렵지만, 어떤 거짓이든 거짓말은 하지 않는 것이 좋은 것만은 분명하다. 거짓은 우리들의 신경을 쓸데없이 곤두서게 할 뿐 어느 누구에게도 결코 좋은 결과를 가져오지는 않기 때문이다.

마음 속에 새겨두고 싶은 한마디

행복과 불행은 사람의 마음 가운데 살고 있다.

그러므로

인생을 짧게 보는 사람에게는

행복은 허무하고 불행은 오래 가지만,

원대한 희망을 가진 사람에게는

행복은 오래 가고 불행은 짧다.

– 게오르규

67_ 남의 흉내만 낼 때

"친구들이 모두 부츠를 신고 모피 코트를 입었으니까 나도 입어야겠다."라든지 "옆집에서는 아이에게 이러이러한 장난감을 사 주었으니까 우리 아이에게도 사 줘야겠다." 하며 마치 경쟁하듯이 없는 돈으로 무리해서라도 남의 흉내를 내려는 사람이 있다. 그렇게 하지 않으면 주눅이 들고 이웃과 사귀기도 어렵다고 생각한다면 그것은 큰 착각이며 다시 생각해 보아야 할 문제이다.

그런 경쟁심이나 허영심 때문에 유행을 좇고 남의 흉내만 내는 것은 마음이 가난하다는 증거로, 그런 사람은 열등감을 감추기 위해 적당히 얼버무리기 때문에 평생 남을 뒤쫓다가 일생을 보내 버리고 만다.

가끔 친구들과 함께 다방에 들어가는데, 차를 주문할 때가 되면 대개 서로 얼굴을 쳐다보고 있다가 한 사람이 "난 커피를 마시겠다."고 하면 다른 사람들도 따라서 똑같은 것을 주문한다. 이런 획일적인 추종주의를 우리는 곳곳에서 볼 수 있다.

물건을 살 때도 "이것이 싸다."고 말하면 상품의 질이나 필요성을 따지지도 않고 앞다투어 그것을 산다. 이렇게 부화뇌동하는 행동은 얼마나 주체성이 없는가를 반증하는 일이다. 식사 메뉴나 물건이라면 그래도 어느 정도 상관없다지만 자기의 일생을 결정하는 중대사일 경우에는 어떻게 할 것인가?

내 친구가 독신으로 대학 연구실에서 일하고 있을 때의 일인데, 여직원에게 "서류 정리를 하려는데 가위와 풀을 좀 가져오라."고 부탁했다고 한다. 그녀는 눈치 빠르게 가위와 풀 이외에 밑에 깔 신문지와 손을 닦을 수건까지 준비해 가지고 왔다. 요즘 세상에 참으로 재치있는 여성이라는 생각에 매우 감격해 나중에 연구실에서 그녀에게 청혼을 했다. 그녀는 얼굴을 붉히고 고개를 숙인 채 대답하지 않았다. "어때요? 결혼해 주시겠어요?" 하고 집요하게 말하자, 그녀는 겨우 얼굴을 들고 "난 잘 모르겠으니 집에 가서 엄마에게 물어 보겠어요." 하고 모기만한 목소리로 대답했다는 것이다.

부모나 형제 또는 친구 등 자기가 신뢰할 수 있는 사람에게 의지하는 것도 좋지만, 언제까지나 그렇게 의지하고만 있으면 의존심이 생겨서 주체성을 잃게 되고 막상 그 사람을 잃었을 때는 망연자실하여 허둥댈 것이 틀림없다.

　남에게 의지하지 않는다는 것은 고고하여 남의 염려를 거절해 버리는 것이 아니라, 무슨 일이 있어도 자기가 해야 할 일에 스스로 책임지며 결정해 가는 것을 말한다.

68_ 유별난 사람으로 여겨질 때

사람들로부터 "너는 좀 유별난 사람이다."라는 비난을 받고 혼자 고민하고 있는 사람은 없을까? 하지만 자기 자신에게 실수나 잘못한 적이 없는 이상 아무것도 걱정할 필요가 없다. 오히려 훌륭하고 뛰어난 사람일 수도 있는 것이다. 다만 그것이 유별남을 과시하는 것이라면 기인이 아닌 '이상한 사람'이다. 우리들은 기인, 남보다 훌륭하고 뛰어난 사람이 되어야 하며 이상한 사람이 되어서는 안 된다. 마찬가지로 세상 속에 있으면서도 거기에 물들지 않으면 청렴결백하지만, 세상을 등지고 모든 것을 업신여기며 혼자 만족해하고 있으면 그것은 세상에 초연한 것이 아니라 고립이다.

세상에는 '나만이 제일'이라고 뽐내며 스스로 도취해 있는 사람이 적지 않다. 다른 사람의 의견에는 전혀 귀기울이지 않고, 자기 주장은 도리에 어긋날지라도 개의치 않고 밀어붙인다. 상대방이 싫어하는 눈치라도 보이면 화를 벌컥 내며 무능한 사람으로 치부해 버린다. 이런 사람은 주위 사람들에게는 그다지 달갑지 않은 존재이다.

자기 기분을 솔직하게 표현하지 않는 사람 또한 주위 사람들에게 환영받지 못한다. 그들은 부하 직원의 공적을 보고 잔소리를 하거나 동료의 승진에 대해서 "지위나 명예를 좋아하는 사람"이라며 비아냥거린다. 자신의 마음과는 정반대의 말과 행동을 하는 도량이 좁은 사람이야말로 이상한 사람이 아닐까?

우리가 사는 세상은 확실히 모순 투성이로, 정직한 사람이 어리숙한 사람으로 취급받으며 평생 두각을 나타내지 못하는 일도 많다. 그러나 그렇다고 해서 세상의 모든 것이 더럽고 나쁜 것만으로 가득차 있다고는 할 수 없다. 비열한 수단으로 명예와 이익을 좇는 사람들 가운데는 마치 흐린 물 속에 깨끗하게 핀 하얀 연꽃처럼 미풍양속을 몸에 익히고 검소하면서도 청순하게 살아가는 사람도 있다. 세상의 칭찬과 비난 등 온갖 평판에 신경쓰지 않고 자유분방하게 자기 소신대로 행동하며 살아가는 사람은 정말로 행복한 삶을 사는 것이다.

69_ 불면증에 시달릴 때

"나는 매일 밤 잠을 이루지 못해 애를 먹고 있습니다. 잠을 청하려고 노력하면 할수록 눈이 말똥말똥해지며 잠이 오지 않고, 겨우 잠이 들려고 하면 벌써 동이 트기 시작해 아침 준비를 해야 합니다." 하고 호소하는 사람이 많다. 특히 예민한 사람이라든가 하루종일 하는 일 없이 지내고 있는 노인들, 병상에 오래 누워 있는 환자들이 이런 불면증에 시달리고 있는 듯하다.

이렇게 말하고 있는 나 자신도 일찍이 몇 번인가 밤에 잠을 이루지 못해 고생한 일이 있다. 다행히도 아직 수면제 신세를 진 적은 없지만, 밤에 잠을 자려고 애쓸수록 잠이 오지 않아 뜬 눈으로 하룻밤을 꼬박 지샜었다.

그럴 때는 나 혼자만이 아주 캄캄하고 어두운 지옥의 밑바닥으로 떨어진 것 같은 기분이 들어, 구해 주는 사람도 없이 진땀을 흘리면서 혼자서 신음하며 얼마나 아침이 되기를 기다렸던가? 아마 독자들 중에도 이와 같은 밤이 올까 봐 두렵고, 잠 못 이룬 채 하룻밤을 지새는 사람이 있을 것이다.

그러면 도대체 이럴 때는 어떻게 하는 것이 좋을까? 누구에게나 바로 효과가 나타나는 특효약이라도 있으면 더할 나위 없이 좋겠지만, 그런 것은 없고 수면제도 부작용이 따르므로 그다지 권유할 것은 못 된다. 약의 신세를 지지 않고 자려면 역시 우리 자신의 마음가짐이 중요하다. 내 체험에 비춰볼 때 자려고 애쓸수록 잠이 더 오지 않으므로, 억지로 자려고 애쓰지 말고 "자지 않아도 좋다."고 자신에게 타이르는 것이 좋다. 하루 이틀쯤 자지 않아도 괜찮으니까 깨어 있는 시간을 유용하게 활용하여 재미있고 유익한 책이라도 읽고 있다 보면 어느새 졸음이 찾아와서 정신을 차렸을 때는 아침이 되어 있었던 적이 여러 번 있었다. 정신분석학에서도 이와 같은 자기암시를 불면증 환자들에게 권장한다.

독일의 사상가 칼 힐티는 「잠 못 이루는 밤을 위해서」라는 저서에서 "자아를 버리면 반드시 정신력이 높아진다."라고 하여 정신력을 높이는 방법으로는 하늘에서 계시된 영적 생명인 성령을 받아들이는 것이라고 했다. 이 정신력은 우리 인간의 힘이 다 했을 때 작용하는 것으로, 불교에서는 믿는 자에게는 이 힘이 자연히 주어진다고 했다. 자기의 그릇을 비우지 않으면 그것을 받아들일 여지가 없는 것이다.

이와 같은 것은 생활 속에서도 마찬가지다. 흔히 자기가 일을 하고 있다고 의식하고 있을 때는 일의 성과가 그다지 만족스럽지 못한 것이 보통이다. 그리고 시간의 경과만이 마음이 걸려 어찌할 바를 모르게 된다. 그것은 곧 일 자체에 진지하게 몰두하지 않고 시간과 맞붙어 싸우는 격이 되므로 그럴 때일수록 시간은 전혀 흐르지 않고 지루하게 느껴진다. 그러나 일에 열중하여 그 자체에 몰두하다 보면 자기 자신은 잊어 버리고 어느 틈에 시간이 지나간다. 그리고 일을 끝마치고 비로소 자아를 느꼈을 때 경과한 시간을 알게 된다.

일이나 시간 또는 잠을 자는 것과 같이 어떤 것을 의식하고 있는 동안에는 결코 그 자체를 진실로 붙잡을 수 없고, 그것에서 멀어졌을 때 비로소 붙잡을 수 있다는 사실을 우리들은 일상의 체험에서 배울 수 있지 않을까?

70_ 자신만이 소중한 존재라고 느낄 때

　우리 주위에는 모두 좋은 사람만 있다고 한다. 즉 없어서는 안 될 정말 좋은 사람과, 있든 없든 어느 쪽이라도 좋은 사람, 그리고 없는 편이 오히려 좋은 사람이 바로 그것이다. 그 중에서도 물론 없어서는 안 될 사람이 그야말로 둘도 없이 소중한 사람이다.

　타인으로부터 '이렇게 해줬으면' 또는 '이렇게 되어 줬으면' 하는 주문을 받고도 그 기대에 미치지 못하는 것은 본인에게 실력이 없든가 할 생각이 없다는 증거이다. 그런데도 태연할 수 있는 사람은 본인에게 확신이 서 있어서거나 상당히 비상식적인 인간이라 할 수 있다. 타인의 기대에서 어긋나기만 하는 사람은 언젠가는 상대로 취급해 주지 않을 뿐더러 외토리로 따돌림받거나 업신여김을 당해 비참한 생활을 하지 않으면 안 된다.

세상에는 신용할 수 있는 사람과 신용할 수 없는 사람이 있다. 그 신용은 사람의 기대치에 따르는 데서 얻어지는 것으로, 아무리 본인이 사람들의 기대만큼 일을 잘 해낼 수 있다고 자화자찬하고 자만할지라도 실제로 그렇게 할 수 없다면 아무도 신용해 주지 않을 것이다. 다른 사람들로부터 "저 사람이라면 일을 맡겨도 안심이 된다."는 말을 들을 정도가 되어 그 기대에 어긋나지 않도록 일을 해냈을 때 비로소 신용이 생긴다. 신용은 자기 자신이 인정하는 것이 아니라 상대방이 자유롭게 인정하는 것이기 때문이다.

그런데 보통 사람의 비열한 생각에서인지, 일단 스승의 입장에서 둘도 없이 소중한 사람이라고 자타가 함께 인정하게 되면, 어느 틈엔가 자기에게 주어진 사명이나 일은 오직 자신만이 할 수 있고 아무도 대신할 수 없다는 자만심이 생겨 그것을 혼자 독점하고 남에게는 알려주지 않으려는 경향이 있다.

가령 예능을 배우는 일처럼 전통을 계승하는 비법 등이 바로 그러한 것으로, 만약 비법을 전수한다 해도 그 대상은 직접 가르침을 받는 제자뿐이며 대중적으로 공개되는 것은 결코 아니다. 물론 그 기분을 모르는 것은 아니지만, 이래서는 언제까지나 둘도 없이 소중한 사람만이 사명이나 일을 독점하고 다른 사람은 그 주위를 우왕좌왕할 뿐이다. 만일 그 사람이 죽게 되면 어떻게 해야 좋을지 몰라 당황하게 된다.

둘도 없이 소중한 사람이 죽으면 처음에는 불이 꺼진 것과 같이 암담한 생각이 들지만, 시간이 지나면 그 상처도 자연히 아물어 오히려 지금까지보다 더 나은 생활을 해나갈 수 있게 된다. 이렇게 생각해 보면 둘도 없이 소중한 사람은 누구나 다 될 수 있는데 그것을 독점하고 사람들에게 강요해서는 결코 안 된다. 아무리 자신에 대한 자부심이 강할지라도, 다른 사람에게 있어서는 있어도 좋고 없어도 좋은 사람일 수도 있고, 또 없는 편이 낫다고 생각되는 사람일 수도 있기 때문이다.

현실 세계에서는 확실히 유능하고 수완있는 사람을 필요로 하는 것이 사실이지만, 그와 같은 사람만이 두드러지고 다른 사람은 쓸모없는 사람으로 멸시당한다면 이 세상은 밝은 미래가 없다고 해도 과언이 아니다. 누구나 그 성격이나 자질에 따라 각각 나름대로의 능력을 발휘할 수 있는 사회가 될 때 비로소 평화가 찾아들고 행복이 깃들게 된다고 생각한다.

71_ 과학만이 제일이라고 믿을 때

"과학과 종교 중 어느 쪽이 보다 바르게 인류를 구원할 수 있다고 생각하느냐?"는 질문을 받은 적이 있는데, 과학과 종교라는 서로 차원이 다른 것을 비교한다는 것은 무의미한 일이라 생각한다. 왜냐하면 과학은 실제로 존재하는 것을 대상으로 하는 것인 반면 종교는 마음 속에 있는 것을 문제삼기 때문이다. 진정한 과학자일수록 자기 능력의 한계를 잘 알고 있어 도저히 이해할 수 없는 것에 대해서는 경건한 마음가짐을 갖지 않을 수 없으며 실제로 많은 과학자들이 종교적인 생활을 하고 있다.

영국의 물리학자 패러디는 어느 날 연구실에 모인 학생들에게 하나의 시험관을 들어보이며 "이 속에 무엇이 들어 있다고 생각하느냐?" 하고 물었다. 그 속에는 소량의 투명한 액체가 들어 있었는데 그것이 무엇인지 아는 사람은 아무도 없었다. 그러자 패러디는 "조금 전에 한 학생의 어머니가 와서 어떤 눈물겨운 사정을 얘기했는데, 이 시험관 속에는 그때 어머니가 흘린 눈물이 담겨 있다." 하고 말했다. 모두 의아스러운 표정을 짓자, 패러디는 의연하게 "과학도인 여러분은 이 눈물을 분석하면 단지 수분과 약간의 염분으로 이루어져 있다는 사실을 잘 알고 있을 것이다. 그러나 그 어머니의 볼을 타고 흘러내린 눈물이 과연 과학이 분석한 대로의 성분뿐일까? 아니, 절대로 그렇지 않다. 수분과 약간의 염분으로 된 그 어머니의 눈물에는 과학으로는 절대로 분석할 수 없는 숭고하고 깊은 애정이 담겨져 있다는 사실을 잊어서는 안 된다."라고 말했다.

이와 비슷한 얘기는 어느 수필에도 나와 있다.

"가령 컵에 절반 정도의 물이 담겨 있다고 하자. 우리는 그 물을 마실 수 있다는 사실에 행복감을 느낄 수 있을 것이다. 또는 물이 반밖에 없다고 불평할 수도 있을 것이다. 그 중 어느 것이 옳은지는 철학이나 물리학으로는 결정지을 수 없고, 오로지 사람만이 결정지을 수 있다."

최근 "과학은 이제 막다른 곳까지 다다라 더 이상 나아갈 수가 없다. 이제부터는 마음의 시대로, 종교의 근본적인 힘을 발휘할 시기에 이르렀다."라는 말을 자주 듣는데, 꼭 그렇지만은 않다. 과학의 발달 덕분에 선진국에서는 기아나 전염병을 극복할 수 있었다는 사실만으로도 존중할 만한 충분한 가치가 있다. 교통이나 통신기관의 발달에 걸맞게 상공업이 발전하여 우리들의 생활에 여유와 쾌적함을 가져다준 것도 부정할 수 없다. 그러나 이와 같은 고도성장이 양적으로 확대되었다고 해서 인간의 행복도가 반드시 그에 비례하여 증대한다고는 말할 수 없으므로 부득이하게 질적 전환을 생각하게 된 것도 사실이다.

아름답게 피어나는 꽃은 일부러 우리들에게 아름답게 보이려고 피어나는 것이 아니다. 그것을 아름답다고 느끼는 것은 우리들 자신이다. 마음가짐 여하에 따라 그것이 아름답게도 보이고 추하게도 보인다. 꽃 자체에 아름다움과 추함이 있는 것이 아니라, 그것을 느끼는 것은 우리들의 마음으로서 모든 것이 오직 '마음가짐'에 달려 있는 것이다.

과학은 이 세상에 존재하는 것을 분석하여 '이러이러하다'는 것을 해명할 수는 있어도, '이러하도록 했다'는 존재의 근원이나 '이러하지 않으면 안 된다'고 우리들이 흔히 생각하는 의미나 가치의 문제에 대해서는 묵묵히 침묵할 수밖에 없다.

72_ 일할 의욕이 없을 때

"왜 그런지 우리 사원들에게는 일을 할 의욕이 없는 것 같아 걱정입니다. 하는 일은 변변치도 않으면서 그저 출근해서 월급만 받아가면 회사야 어찌되든 상관없다는 식으로 무성의할 뿐이에요."라고 중역급의 신사가 말하자, 곁에 있던 다른 중년 남성이 "그건 우리도 마찬가지입니다. 마치 시간을 보내기 위해 출근하는 것 같아서 조금이라도 열심히 일하라고 꾸중이라도 할라치면 화가 나서 입을 꼭 다물고 대답도 안해요. 근무하고 있는데 왜 귀찮게 구느냐는 태도 같아요." 하며 맹렬하게 자기회사 사원들의 근무 태도를 비판하고 있었다.

이것은 내가 실제로 통근 도중 들었던 대화의 한 구절인데, 이와 같이 일하기 싫고 일할 기분이 내키지 않는 사람이 많아 정작 해야 할 일이 무엇인지조차 모르는 것이 현실인 것 같다.

진학에 대한 걱정이 별로 없는 많은 대학이나 실업고등학교에서도 사정은 마찬가지로, 학생의 무기력과 무관심 상태가 최근 문제시되고 있다. 일단 학생답게 등교는 하면서 한번 입학하기만 하면 어지간한 일이 없는 한 퇴학이나 정학은 당하지 않을 것이라며 대수롭지 않게 생각하고, 공부하러 온 것인지 놀러 온 것인지 분간할 수 없는 학생이 날로 늘어가고 있다고 한다. 특별히 공부를 하지 않더라도 출석하여 학점을 따놓기만 하면 자연히 졸업하게 마련이니까 애써 공부를 한다는 것은 어리석은 일이라고 생각하는 것일까?

이와 같은 풍조가 요즘에서야 비롯된 것은 아니지만, 편리한 생활이 보장되고 쾌적한 세상이 되면 될수록 자기 스스로 일하려 들지 않고 다른 사람에게 힘든 일을 시키며 자신은 편히 앉은 채로 가장 알짜를 차지하려는 이른바 타율적인 인간이 증가하는 법이다. 자기가 '무엇을 할까'를 생각하는 것이 아니라, 타인이 자기에게 '무엇을 해 주는가' 입을 벌린 채 기다리고 있는 격이다. 이것으로 과연 인간으로서의 삶의 기쁨을 맛볼 수 있을까? 해답은 분명히 말해서 아니라고 할 수밖에 없다.

언제까지나 타인에게만 완전히 의지한 채 생활을 계속하면,

육체도 정신도 나약해져서 무엇을 해도 감동하거나 감격하는 일이 없이 초점을 잃은 생활에 빠져 결국은 사는 보람을 잃고 무기력한 인간이 되고 말 것이다.

그러면 도대체 이와 같이 일할 기분이 내키지 않는 무기력한 사람은 어떻게 해야 좋을까? 물론 사람들로부터 이러쿵저러쿵 주의를 받아도 순순히 받아들이는 사람이 아니므로 자기 자신이 따끔한 맛을 볼 때까지 내버려 두는 수밖에 없다. 그러나 '자신이 어떻게 하지 않으면' 하고 재빨리 눈치챌 수 있는 사람이라면 무엇이라도 좋으니까 자신이 하고 싶은 것에 전심 전력해야 한다. 그것이 남에게 폐를 끼치는 일이 아닌 한 무엇이라도 좋으니 우선 해보는 것이다.

그러려면 뭐니뭐니해도 어떤 사소한 것이라도 좋으니 "나도 이것만큼은 해낼 수 있다."라는 실행 가능한 계획을 세운 다음 그것을 누군가와 약속하면 좋을 것이다. 가령 지금까지 수영을 못하는 사람이라면 "이번 여름에는 반드시 수영을 할 수 있도록 할 테다."라든가 "100미터 정도는 수영할 수 있도록 노력하자." 등 자기가 조금만 노력하면 실현할 수 있는 일에 도전하는 것이다.

만일 성공하지 못했더라도 본전치기고, 할 수 있었으면 나도 해냈다는 성취감을 맛보는 동시에 강한 의지를 확인할 수 있는 기회가 된다.

"이것만은 무슨 일이 있어도 해낼 테다." 하고 일단 맹세를 하면, 그것을 어떻게 해서든 하겠다고 사람들에게 공표하고 자기 자신을 그 속에 몰아넣어 보면 어떨까?

영국의 극작가 제임스 바리는 "행복의 순간은 하고 싶은 것을 하고 있는 동안이 아니라 하지 않으면 안 되는 것을 좋아할 때이다."라고 했지만, 한번 목표를 정했으면 도중에 어떠한 일이 있더라도 반드시 해내겠다는 강한 신념을 지녀야 한다.

마음 속에 새겨두고 싶은 한마디

하루 24시간 중 단 1퍼센트,

즉 15분만 책을 읽고 신기술을 배우는 데 할애한다면

1년 동안 91시간을 공부에 투자할 수 있다.

매일 아침 자명종을 15분만 일찍 맞춰 보고,

매일 저녁 15분만 일찍 TV를 꺼라.

– 이안 시모어

73_ 폭음 폭식을 할 때

　사람이 너무 지나치게 먹으면 몸이 무겁고 나태해져 성취감을 맛보기 어렵다. 잠이 들어도 스스로 고통스러울 뿐만 아니라 남을 괴롭히며 속이 답답하여 쉽게 잠들 수조차 없다. 그러므로 때맞춰서 적당히 먹는 것이 좋다.

　최근의 유엔 우주자원국 통계에 의하면, 1967년 이래 세계의 식량 생산고는 인구 증가율을 따르지 못해 수십 년 후에는 세계적인 식량기근이 찾아오고 개발도상국에서는 폭동이 일어날 우려마저 있다고 한다. 또 석탄, 석유 등을 비롯한 연료 자원에도 한계가 있어서 그것을 대체할 수 있는 새로운 자원이 개발되지 않는 한 에너지 위기가 닥칠 것은 불을 보듯 뻔한 일이라고 한다. 그럼에도 불구하고 우리는 세계 각지에서 굶주림에 시달리고 있는 사람들을 잊은 채 의식주의 사치가 극도에 달하고 있으며, 폭음폭식과 운동 부족으로 살이 찐 데다 몸은 쇠약해져서 질병으로 목숨을 단축시키고 있다. 이것은 스스로 제 목을 조르는 것이나 다름없다. 우리는 이쯤에서 더 이상 채워질 수 없는 욕망을 충족시키느라 시간을 헛되이 보내지 말고 인간다운 건강한 생활로 되돌아와야 할 것이다.

우리의 욕망은 아무리 억제하고 단절시키려 노력해도 되지 않는다. 그렇다고 내버려두면 벌판의 불길처럼 번지기 쉽다. 이런 파괴적인 욕망을 방치해 두지 말고 잘 조절하여 건설적인 욕망으로 전환하고 승화시킬 때 인간다운 삶이 영위될 것이다.

전에 어떤 사람이 유럽을 여행하다가 식사중에 한 독일인으로부터 "무(無)란 무엇인가?" 하는 질문을 받았다고 한다. 뜻밖의 질문이라 이런 형이상학적인 문제에 쉽게 대답하지 못하고 망설일 줄 알았는데, 그는 곁에 있는 큰 맥주컵을 들어 단숨에 들이키고는 "잘 먹었습니다."라고 예의를 갖춰 말한 다음 통역을 통해 "배가 고프면 무엇이든지 맛이 있다."고 대답했다. 그러자 그 독일인은 "야!" 하고 손뼉을 치면서 감탄했다는 것이다.

서양식 사고방식으로는 무엇을 넣으면 영양가가 높아진다든가 어떤 음식이 맛있는가를 분석적으로 추구해 가야 하겠지만, 배가 고프면 무엇이든지 맛이 있다는 발상도 필요하다.

아무리 맛이 있는 음식이라도 과식하면 오히려 고통을 느끼고 배탈이 나기 마련이다. 찰떡 서른 개를 먹으면 돈을 안 받을 뿐만 아니라 상품까지 준다는 말을 듣고 한 청년이 욕심내서 먹다가 스물 몇 개째에 결국 포기하고 말았다. 그리고 그 후로 찰떡을 먹는 것은 물론이고 보는 것조차도 싫어했다고 한다. 나도 학생 시절에 친구들과 술먹기 내기를 하다가 결국 곤드레만드레가 되어 길거리에서 잠들어 버린 적이 있다. 이튿날 아침 정신을 차리고도 숙취로 인해 얼마나 머리가 아팠던지 이제 두번 다시 술을 안 마시겠다고 맹세했었다.

몸의 위험을 미리 감지하고 생명을 지켜가는 것은 다른 동물에게서도 흔히 볼 수 있는 행동인데, '생각하는 갈대' 라고 일컬어지는 인간이 자제하지 못하다니 이 얼마나 서글픈 일인가?

현대인은 특히 재산, 지위, 명예 등을 추구하기 마련이지만, 원래 아무것도 갖지 않았던 가장 중요한 자신을 잊어 버리고서는 그 무엇도 될 수 없다. 이제부터는 인간으로서 살아나가는 데 있어 꼭 필요한 것만으로 만족하고 그 이외에는 바라지 않는 마음가짐을 갖도록 하자.

74_ 질병으로 괴로워할 때

　의사로부터 "당신 병은 아무래도 고칠 수가 없다."는 사형 선고를 받고 온몸이 고통과 불안에 휩싸여 당황스러울 때는 누구라도 "물에 빠진 사람은 지푸라기라도 붙잡는다."는 말처럼 하느님께 기도하거나 의사의 팔을 붙잡고 애원하기 마련이다.

　그러고 보면 미국에서는 환자를 대하는 의사의 태도가 비정하리만큼 냉담한 것이 오히려 문제가 되고 있다고 한다.

　「워싱턴 포스트」지에 따르면, 환자는 의사로부터 방치될 것을 두려워한 나머지 치료를 받고 나서 아직 완쾌되지 않았더라도 "덕분에 다 나았다."고 의사의 기분을 맞춰 주면서 아첨을 하거나 상냥하게 얼버무리며 대답한다고 한다. 하지만 일단 의사 곁을 떠나면, 또다시 통증으로 온몸이 욱신거려서 고통을 혼자서 참지 않으면 안 된다고 보고하고 있다.

확실히 의사의 입장에서 보면 많은 환자들을 진찰하고 치료하는 데 너무 지쳐서, 환자들이 모두 만족할 수 있도록 한 사람 한 사람에게 정성껏 책임을 다해 대할 수는 없을 것이다. 하지만 그렇다고 해서 환자의 소망을 무턱대고 짓밟은 후 경과가 나빠지면 "이제 손을 쓰기에는 너무 늦었군요." 하며 책임을 회피하는 일은 있어서는 안 될 것이다.

내가 아는 친구가 얼마 전 입원을 했는데, 그는 병상에서 "지금까지 몸도 돌보지 않고 무턱대고 일만 해왔는데, 병에 걸린 덕분에 내 자신이 언제까지나 젊고 건강한 것은 아니라는 사실을 새삼 깨달았어요. 지금까지 내가 살아온 방식을 반성하고 또 한 사는 기쁨을 깨닫게 되었어요."라며 감회있게 말했다.

병원측에서 우리에게 "언제까지나 건강하게 살 수 있는 것은 아니다."는 사실을 자각하게 해준다면, 병에 걸린다는 것이 꼭 싫고 두려운 일만은 아닌 듯하다.

강호 시대의 선승 양관은 "재난을 피할 수 있는 묘법이 무엇이냐?"는 질문을 받고, "병에 걸렸을 때는 병에 걸리는 것이 좋고, 죽음을 당하게 될 때는 죽는 것이 좋다. 이것이 재난을 피할 수 있는 묘법이다."라고 대답했다고 한다. 병에 걸렸을 때는 "울

화가 치민다."고 불평 불만만 할 게 아니라 순순히 받아들일 수 있다면 어느새 병마를 이겨낼 힘이 생길 것이다.

어설프게 공부를 한 사람은 공연히 지식에 사로잡혀서 신경질적이 되거나 병을 무턱대고 두려워하기 때문에 필요 이상으로 부질없이 괴로워하는 것이다.

의료 보험이나 노인 보장 등의 혜택을 받게 된 오늘날에 있어서는 대단한 병이 아닌데도 병원을 드나들며 병원 대합실에서 하루종일 시간을 보내는 사람이 많아졌다고 한다. "'병은 마음으로부터 온다."는 말과 같이 집안에 있어도 재미가 없고, 외출을 해도 마땅히 갈 곳이 없으며, 누구에게도 환영받지 못하는 사람들은 하다못해 동병상련이란 말처럼 서로가 어깨를 기대고 위로할 밖에 별 도리가 없는지도 모른다.

병은 원래 의사가 고치는 것도, 종교에 의해 고치는 것도 아니다. 오로지 자기 자신의 마음가짐 여하에 따라 고칠 수 있는 것이다.

75_ 건강하게 오래 살고 싶을 때

인간으로서 이 세상에 태어난 이상, 누구나 다 오래 살기를 원한다고 해고 과언이 아니다. 그렇기 때문에 옛부터 불로장수의 묘약이라고 일컬어지는 약들이 팔리고 있으며, 의사는 환자를 치료하느라 여념이 없다.

"건전한 정신은 건강한 신체에 깃든다."는 말도 있듯이, 건강한 신체와 정신 유지는 장수하기 위해 갖춰야 할 필수 요건이다. 그 어느 한쪽이 결여되더라도 우리는 잘 살 수가 없다.

중국에 참선을 전한 달마대사는 행복한 생활과 함께 장수하기 위해서는 세 가지 요건을 잘 지켜야 한다고 말했다.

우선 첫째로, 무리하지 말고 천천히 할 것. "돌다리도 두들겨 보고 건너라."는 속담이 있듯이, 서두르지 말라는 뜻이다. 급하게 목적을 달성하려고 하면 결과적으로 잘 안 되는 것이 보통이다. 무리해서 하는 일은 마음만 앞서 가장 중요한 것을 소홀히 하거나 오히려 놓쳐 버리기 쉽다.

둘째로는, 냉정한 마음으로 모든 일에 화를 내지 말 것. 즉 무슨 일이든 화를 내지 않고 그것을 잠재우면 자연히 평온해지고 사람들로부터 존경받게 되므로 바로 일석이조가 된다.

셋째로, 모든 것을 선의로 해석하여 자신이 해야 될 일에 전념하면 쓸데없는 걱정을 하지 않아도 일이 잘 진행된다. "마음을 쓰기보다는 머리를 쓰라."는 말이 있는데, 승산도 없이 쓸데없는 일만 하고 있다 보면 마음만 초조해져서 좋지 않은 결과를 낳게 된다.

이상과 같이 "무리하지 않고, 화내지 않고, 걱정하지 않는다."는 것이 하루아침에 이루어질 수는 없겠지만, 늘 이러한 마음가짐으로 살아나가면 뜻밖의 사고가 생기지 않는 한 병마를 물리치고 장수할 수 있다는 것이다.

또한 오래 살려면 일곱 가지 삼가야 될 일이 있다고 했다.

첫째, 어제 일을 언제까지나 걱정하지 말라.

둘째, 내일 일을 지금부터 걱정하지 말라.

셋째, 음식은 과식하지 말라.

넷째, 제대로 된 음식을 먹고 거친 것에는 손을 대지 말라.

다섯째, 별것도 아닌데 굳이 약을 먹지 말라.

여섯째, 무슨 일이든 지나치게 하거나 무리하지 말라.

그리고 마지막으로, 운동을 잘 하되 꾸준히 하고 절대 편안함을 구하지 말라.

위의 내용들을 하나하나 곰곰히 음미해 보면 공통점이 있는 것 같다. 무엇보다 중요한 것은 이러한 훈계를 단지 그럴 듯하다고 감탄하기만 할 것이 아니라 매일 생활 속에서 실천할 수 있어야 한다는 것이다.

마음 속에 새겨두고 싶은 한마디

노인이 되는 것은 비참한 사람이 되는 것이 아니다.
자기의 나이답게 살 수 없는 사람만이 비참한 사람이다.

— 유진 벨틴

76_ 여생을 안일하게 보내려 할 때

    세상에는 "이제 내 인생은 여기까지."라고 생각하고 지금까지 쌓아온 지위나 신분, 권력이나 재산에 대해 흡족하게 여기며 그 생활에 안주한 채 여생을 보내는 사람이 있는가 하면, "내 인생은 이제부터다."라고 생각하여 여전히 원기왕성하게 활약하고 있는 사람도 있다. 인생을 공부하는 데 있어서 '여기까지' 라는 것은 있을 수 없으며, 숨을 거두는 최후의 한순간까지도 계속 정진하고 노력해야 한다. 인생의 페달을 밟던 것을 멈춰 버리는 순간 자신이라는 이름의 자전거는 쓰러지고 몸과 마음이 다 함께 산송장이 되고 만다.

    「법구경」에 "어리석은 사람은 미련한 소와 같이 늙어 버린다. 그의 육체는 자랄지언정 그의 지혜는 자라지 않는다."라는 말이 있다. 마찬가지로, 우리 인간들에게도 젊은 나이에 자기만족감에 빠져 돼지처럼 살이 찌고 늙어 버린 사람이 있는가 하면, 늙은 후에도 젊은 사람을 능가할 정도로 밤낮을 가리지 않고 노력해 몸과 마음이 다 함께 건강한 사람도 있다. 일반적으로 정신 연령은 육체 연령과 비례하지는 않는 것 같다.

나이를 먹은 후에도 자기에게 주어진 인생을 열심히 꿋꿋하게 살아나가는 사람의 이야기를 소개하고자 한다.

그가 아직 젊었을 때의 일로, 어느 날 갑자기 허리와 다리에 심한 통증을 느껴 가까운 병원 의사에게 진찰을 받았으나 도무지 원인을 알 수 없었다. 그래서 다시 전문 의사의 진찰을 받아 보니, 아무래도 당시 불치병으로 알려져 있던 결핵성 디스크 같다는 진단이었다. 그때부터 온갖 방법과 수단을 다해 치료에 전념했지만, 상태는 나아지기는커녕 날이 갈수록 몸이 여위고 쇠약해져서 똑바로 일어서지도 못하고 보기에도 딱할 정도로 몰골이 처참해지고 말았다.

온 집안은 암울한 분위기에 휩싸였고, 효험이 있다는 절은 모두 찾아 다니며 기원했지만 상태가 전혀 호전되지 않자, 그는 생각다 못해 자살해 버리겠다는 결심까지 했다. 그날 밤 "난 이제 가망이 없어." 하며 스스로에게 인생을 단념할 것을 타이르고 있으려니까, 어디선가 "이제부터 내 모습을 100만 장만 그려 보아라. 그러면 병이 나을 것이다." 하고 늘 믿고 의지해 왔던 미륵불의 소리가 들려왔다.

그는 처음에는 꿈인지 생시인지 몰라 주저했으나, 그 방법 이외에는 도저히 구원받을 길이 없는 것 같아 마지막이라고 생각하고 바로 다음날부터 눈앞에 떠오르는 미륵불의 모습을 그리기 시작했다. 그런데 같은 그림을 50장, 100장 연달아 그리고 있는 동안 점점 싫증이 났다. 누구나 처음에 맛보게 되는 시련이었던 것이다. 그렇게 겨우겨우 2, 3주일을 지나자, 어쩌지도 못한 채 오늘 그만둘까 내일 그만둘까 그것만 골똘히 생각하게 되었다. 그만 둬 버리면 본래 상태로 되돌아가 구원받을 길이 없으므로 할 수 없이 계속하면서도 얼마나 지겨웠던지 몇 번이고 단념하려고 했다고 한다.

하지만 이 일은 자기 생명에 관계된 중요한 일이었으므로 인내에 인내를 거듭해서 매일 그림 그리기를 계속했다. 그런데 그렇게도 싫었던 그림이 날이 갈수록 그림을 그릴 때마다 조금씩 솜씨가 좋아지는 기쁨을 맛보게 되자 점차 즐거운 일로 바뀌어 갔다. '티끌 모아 태산'이라는 말처럼 실력도 눈에 띄게 향상되어, 시간 가는 줄도 모르고 어느새 5만 장이 되고 10만 장이 되었다. 그리고 "어차피 나는 불치병이라는 의사의 선고를 받아 이미 죽은 것이나 다름없는 몸이다. 그런데 이렇듯 건강하게 매일매일 그림을 그리며 지낼 수 있다는 것은 오직 부처님 덕분이다. 거저 얻은 것이나 다름없는 이 생활은 하루 살아남으면 하루를 얻은 듯한 기분이다. 이렇게 살아 있는 것만으로도 감사하지 않을 수 없다."고 생각하며, 허리와 다리의 통증도 잊은 채 이른 아침부터 늦은 밤까지 오로지 그림 그리는 일에만 온 힘을 쏟았다. 전쟁중에도 하루도 쉬지 않고 그림 그리기에 몰두하고, 전후에도 쉬는 일 없이 계속하다가 30여 년이라는 긴 세월이 지난 어느 날 마침내 목적을 달성할 수 있게 되었다.

오랜 세월을 거쳐 염원하는 그림을 무사히 끝낼 수 있었던 이 노인의 기쁨이 어떠했을지는 상상하고도 남음이 있을 것이다. 이 노인은 약속된 매수의 그림을 모두 그린 후에도 여전히 건강한 모습으로 여생을 오로지 그림 그리기에 바쳤다.

이런 사람들의 살아가는 방식을 엿볼 때마다 나는 내 자신의 게으름을 뉘우치고 스스로 나무라며 격려하고 있다.

77_ 죽음의 공포에 사로잡혔을 때

한 불교학자는 일찍이 "인생을 문제삼고 있을 때는 지식으로 해석할 수 있지만, 자기 인생이 문제가 되었을 때는 이미 지식으로는 해석할 수가 없다."고 말했다. 이와 마찬가지로 죽음을 문제로 하고 있을 때는 얼마든지 그것을 해석할 수 있지만, 자신의 죽음이 문제가 되고 더욱이 죽음에 직면했을 때 그것을 해석할 사람은 아무도 없다.

옛 노래에 "오늘까지도 남의 일이거니 생각했는데 내가 죽는다고 생각하니 견딜 수 없다."는 구절이 있는데, 견딜 수 없을 뿐만 아니라 놀라서 갈팡질팡하며 허둥대느라 무엇을 해야 할지 모르는 것이 보통일 것이다.

누구나 "죽고 싶지 않다. 어떻게 해서든지 하루라도 더 목숨을 부지하고 싶다." 하고 간절히 바란다. 보통 때는 죽음 따위 어디 어느 곳에 부는 바람인가 싶게 먼 훗날의 일로 여겨져 대수롭지 않게 웃어넘기고 있지만, 일단 무서운 병마에 시달리고 의사로부터 사형선고를 받게 되는 날이면 "뭔가 잘못됐다. 나에게 있어서 그런 일은 절대로 있을 수 없다."라며 강하게 부정한다. 그리고 죽음의 자각 증상이 나타나고, 이제는 죽음을 피하래야 피할 수 없다고 느끼는 순간 지금까지의 호탕한 웃음소리는 사라지고 어떻게 해서든지 살려 달라며 의사에게 애원하게 된다. 죽음의 고통이란 그것에 직면해 본 사람이 아니면 도저히 알 수 없는 것이다.

암 선고를 받고 이제 불과 몇 개월밖에 살 수 없다는 것을 알게 된 한 종교학자는 지금까지보다 더 미친 듯이 일에 열중함으로써 마침내 죽음이란 매일 헤어지는 이별이나 다름없는 것이라는 사실을 깨달았다. 우리들도 늘 이웃과 만나면 헤어지고 밤에는 잠을 이루며 가사 상태에 빠지곤 한다. 육체적인 죽음이란 그 연장선상에 있는 것으로서, 다시 만날 수 없는 이별이며 다시 눈뜰 수 없는 깊은 잠에 빠지는 것에 불과하다.

죽음을 눈앞에 두고 마음 아프고 쓰라린 사람은 죽어가는 당사자가 아니라 오히려 그것을 지켜봐야 하는 주위 사람들이다.

따라서 죽음이란 마치 낮잠을 자는 것과도 같은 것이라고 생각한다면 얼마나 마음이 놓이는 다행스러운 일인지 모른다. 따라서 드디어 죽음이 닥쳐왔을 때는 "아, 그렇구나." 하고 순순히 받아들여 죽음의 여로를 향해 천천히 발걸음을 내딛을 수 있는 마음가짐이 필요하다.

죽음이 찾아들 때의 육체적인 고통은 자신의 힘으로는 도저히 감당해낼 수 없겠지만, 정신적인 불안은 생각하는 방식을 바꾸면 어느 정도 해소될 수 있다. 자기가 죽은 후의 일보다는 자신이 이 세상에 태어나기 이전, 전혀 형체나 그림자도 없었던 자신을 생각한다면 그렇게 불안해하지 않아도 되지 않을까?

즉, 태어나기 전의 우리들은 태어나지 않았을 뿐만 아니라 태어나고 싶다는 의식도 없었고, 어머니의 태내에서 우연히 싹이 튼 데 불과하다. 따라서 우리들은 다시 태어나기 이전의 세계로 되돌아갈 뿐이라고 생각하면 되는 것이다.

마음 속에 새겨두고 싶은 한마디

사람은 나이를 먹는 것이 아니라
좋은 포도주처럼 익는 것이다.

– 필립스